THE HOUSE
AT POOH
CORNER

THE-HOUSE-AT-POOH-CORNER

by Alan Alexander Milne(1928)

FIKA Classic Edition은
책이 가지는 본연의 가치, 그 이상을 추구하는 고전 도서 시리즈입니다.
오래전 수많은 독자들의 삶과 가치관을 변화시켰던 책을 선물처럼 만나보세요.

OL   *Piglet*   POOH.   *Christopher Robin*

First Published in 1928

THE HOUSE AT POOH CORNER BY A. A. MILNE WITH DECORATIONS BY ERNEST H. SHEPARD

FIKA

나에게 크리스토퍼 로빈을 보내준 것도,
푸에게 새 기운을 불어넣은 것도 당신이지.

이제는 다들 나의 펜 끝을 떠나
당신이 있는 집으로 돌아가.

준비를 마친 책이
보고 싶은 엄마를 만나러 가.

이 책은 사랑하는 당신에게 내가 주는 선물이야.
실은 당신이 나에게 주는 선물이지만.

서문은 본래 책 속 등장인물을 소개하는 글입니다. 하지만 크리스토퍼 로빈과 친구들은 벌써 여러분에게 소개한 적 있으니, 이만 글을 마칠까 합니다. 그 대신에 반대되는 글을 쓰겠습니다. 푸에게 서문의 반대말이 무엇인지 물어봤더니 "무엇의 무엇?" 하고 되물었습니다. 기대했던 만큼 도움이 되지 않았죠. 하지만 다행히 아울이 침착하게 나서서 설명했어요. "내 친구 푸, 서문의 반대말은 반문이란다"라고 말이죠. 아울은 긴 단어도 잘 아는 친구니까 분명 그 말이 맞을 거예요.

반문을 쓰는 이유는 지난주에 크리스토퍼 로빈이 내게 이렇게 말했기 때문입니다.

"푸한테 무슨 일이 생겼는지 들려준다고 하셨던 바로 그 이야기 말인데요…."

나는 순간 재빠르게 "9 곱하기 107은 뭘까?"라는 문제를 냈죠. 이 문제가 끝난 다음에는, 소들이 1분에 두 마리씩 문을 통과해서 나가고 지금 들판에는 소 300마리가 있다면 한 시간 반 뒤에는 과연 몇 마리가 들판에 남아 있을까 하는 문제를 냈습니다. 문제를 풀다 보니 참 재미있었어요. 그렇게 실컷 즐기다가 어느새 우리는 몸을 웅크리고 잠들었답니다….

우리의 베개 바로 옆 의자에 앉아 있던 푸는 좀 더 오래 잠들지 않고 있었어요. 혼자 아무것도 안 하는 일에 관한 대단한 생각을 떠올려보고 있었죠. 그러다 푸도 곧 눈이 감기고 고개가 끄덕끄덕하더니 우리를 뒤따라서 살금살금 숲속으로 들어왔답니다. 그곳에는 여전히 마법 같은 모험으로 가득했고 예전에 들려준 이야기보다도 놀라운 이야기가 펼쳐졌습니다. 하지만 아침이 되고 잠에서 깨어났을 때는 미처 붙잡기도 전에 친구들이 모두 사라져버렸습니다. 마지막 이야기가 어떻게 시작되더라?

"어느 날 푸가 숲속을 걷고 있었는데, 소 107마리가 문을…."

아, 이런, 이야기가 길을 잃었네요. 그 이야기는 정말 최고였는데 말이죠. 암튼 그래도 남은 이야기가 또 있습니다. 이제부터 우리가 기억하게 될 이야기들이죠. 아, 당연한 말이지만 이건 진짜 작별 인사가 아닙니다. 숲은 언제까지나 그곳에 있을 테니까요. 곰들에게 다정한 사람이라면 누구든 그 숲을 찾을 수 있답니다.

앨런 알렉산더 밀른

─✳ 차례 ✳─

이야기

1

추운 이요르를 위해
푸 모퉁이에 지은 집

그날 곰돌이 푸는 별달리 할 일이 없었어. 뭐라도 해야겠다고 생각한 푸는 피글렛의 집에 가기로 마음먹었어. 피글렛이 무얼 하고 있는지 알아보기로 했지. 밖을 나서자 여전히 눈이 내리고 있었어. 푸는 벽난로 앞에 앉아 발을 따뜻하게 데우고 있을 피글렛의 모습을 상상하며 하얗게 눈 내린 숲길을 걸어갔어. 그런데 피글렛의 집에 도착한 푸는 깜짝 놀랐어. 문이 열려 있었거든. 또 집 안쪽을 아무리 들여다봐도 피글렛은 없었어.

"피글렛이 밖에 나갔나 봐."

실망한 푸가 중얼거렸어.

"그게 맞지. 지금 집에 없으니까. 그럼 나 혼자 생각에 잠겨 빠르게 걷기를 해야 하네. 아, 이런!"

그래도 혹시 모르니 푸는 큰 소리로 문을 두드려보기로 했지. 대답 없는 피글렛을 기다리며 몸이 따뜻해지라고 발을 동동거렸어. 그러다 갑자기 푸의 머릿속에 노래가 하나 떠올랐어. 푸는 자기가 생각해도 꽤 괜찮은 노래였어. 남에게 들려줘도 좋을 법한 노래 같았지.

펑펑 눈이 와, 티들리 팜.

오고 또 오고, 티들리 팜.

오고 또 와도, 티들리 팜.

자꾸

눈이 와.

아무도 모를걸, 티들리 팜.

내 발가락이 얼마나

꽁꽁 얼었는지, 티들리 팜.

내 발가락이 얼마나

꽁꽁 얼었는지, 티들리 팜.

지금도

얼어붙는 중.

"그러니까 이제부터 내가 할 일은 이거야."

푸가 혼자 중얼거렸어.

"곧장 집으로 가서 몇 시인지 확인할 거야. 그런 다음에는 목도리를 두를 거고, 이요르한테 가서 이 노래를 불러줄 거야."

푸는 서둘러 자기 집으로 돌아갔어. 푸의 머릿속은 온통 이요르에
게 들려줄 노래로 가득 차 있었어. 그런데 집에 돌아와보니 피글렛
이 푸가 좋아하는 안락의자에 앉아 있지 뭐야. 푸는 머리를 긁적이
며 그대로 선 채로, 여기가 누구네 집인지 고민했어.

"안녕, 피글렛. 난 네가 밖에 있는 줄 알았는데."

"아니지. 밖에 있었던 건 너잖아, 푸."

"그렇지. 어쨌든 우리 둘 중 하나는 그렇겠다고 생각했어."

푸는 벽시계를 올려다봤어. 사실 시계는 몇 주 전부터 11시 5분

전을 가리킨 채 멈춰 있었어.

"11시가 다 되어가네."

푸가 행복해하며 말했어.

"마침 딱 맛있는 한입 먹을 시간에 왔구나, 피글렛."

푸는 찬장에 고개를 쑥 집어넣었어.

"다 먹고 나면 밖에 나가자. 이요르한테 노래 불러주게."

"무슨 노래 말이야, 푸?"

"우리가 이요르한테 불러줄 노래 말이야."

푸의 벽시계는 30분이 지난 뒤에도 여전히 11시 5분 전을 가리키고 있었어. 이제 푸와 피글렛은 집 밖으로 나왔어. 그새 바람이 잠잠해졌어. 서로 경주라도 하듯이 빙글빙글 맴돌며 쏟아지던 눈송이들도 이제는 지쳤는지 부드럽게 흩날리고 있었어. 그러다 쉴 자리를 찾아 내려앉았어. 그 자리가 푸의 콧잔등일 때도 있었고 아예 다른 곳일 때도 있었어. 얼마 지나지 않아 피글렛의 목에는 하얀 눈 목도리가 생겼어. 피글렛은 오늘따라 유난히 귀 뒤쪽으로 눈이 많이 내리는 것 같다고 생각했지.

"푸."

피글렛은 망설이다가 이야기를 꺼냈어. 푸에게 자기가 포기하려는 것처럼 보이기 싫었거든.

"나 그냥 궁금해서 물어보는데, 이제 우리 집에 가서 네 노래를 연습하면 어떨까? 그런 다음에 내일이나 모레쯤 이요르와 마주쳤을 때 노래를 불러주면 어떨까 싶어서."

"오, 정말 좋은 생각이다, 피글렛."

푸가 대답했어.

"이제부터 같이 걸어가면서 노래를 연습하자. 집에 가서 연습해 봐야 소용없어. 이 노래는 반드시 눈을 맞으며 불러야 하는 특별 야외용 노래거든."

"꼭 그래야 해?"

피글렛이 불안해하며 물었어.

"음, 이 노래를 들어보면 알 거야. 처음에 이렇게 시작해. 펑펑 눈이 와, 티들리 팜…."

"티들리, 뭐?"

피글렛이 물었어.

"팜."

푸가 대답했어.

"이걸 넣으면 흥얼거리기 좋잖아. 오고 또 오고, 티들리 팜…."

"아까 펑펑 눈이 온다고 하지 않았어?"

"응, 그건 앞쪽에."

"티들리 팜 앞쪽에?"

"다른 티들리 팜 앞쪽이야."

푸도 슬슬 헷갈리기 시작했어.

"내가 제대로 한번 불러볼게. 그럼 무슨 말인지 알 거야."

푸는 다시 노래를 불렀어.

펑펑 눈이 와, 티들리 팜.

오고 또 오고, 티들리 팜.

오고 또 와도, 티들리 팜.

자꾸

눈이 와.

아무도 모를걸, 티들리 팜.

내 발가락이 얼마나

꽁꽁 얼었는지, 티들리 팜.

내 발가락이 얼마나

꽁꽁 얼었는지, 티들리 팜.

지금도

얼어붙는 중.

푸는 최고로 멋지게 노래를 불렀지. 다 부르고 난 뒤에는 피글렛의 반응을 기다렸어. 눈 오는 날 야외에서 부르기 좋은 노래 중에서 단연 최고라고 말해주길 기대했단다. 피글렛은 노래 가사를 곰곰이 되짚어보더니 진지하게 말했어.

"푸, 발가락보다는 귀가 더 꽁꽁 얼어."

이요르의 우울한 장소에 거의 다 왔을 무렵이었어. 피글렛은 귀 뒤쪽으로 여전히 눈이 많이 쌓이고 있었고 점점 지쳐갔지. 푸와 피글렛은 아담한 소나무숲으로 방향을 틀어서 숲의 울타리 문에 걸터

앉았어. 이제 눈은 피할 수 있어도 추위는 여전했어. 둘은 몸을 따뜻이 데우려고 푸의 노래를 여섯 번이나 쭉 불렀어. 피글렛은 티들리 팜을 부르고 푸는 나머지 부분을 불렀지. 둘은 노래를 부르다가 적당한 타이밍이 오면 나뭇가지로 울타리를 두드리기도 했지. 오래지 않아 둘은 몸이 한결 따뜻해졌어. 이제 다시 이야기를 나눌 만했지.

"생각해봤는데."

푸가 먼저 말했어.

"내가 뭘 생각해봤냐면 말이야. 이요르를 생각해봤어."

"이요르는 왜?"

"음, 머무를 곳이 없는 이요르가 불쌍해서."

"응, 없지."

"너는 집이 있잖아, 피글렛. 나도 집이 있고. 우리가 사는 집들은 아주 좋지. 그리고 크리스토퍼 로빈도 집이 있고, 아울과 캥거, 래빗도 집이 있어. 래빗의 친구들이랑 친척들도 집이랑 비슷한 곳이라도 다 있잖아. 그런데 불쌍한 이요르만 집이 없어. 그래서 내가 생각해본 거야. 우리가 이요르에게 집을 지어주자고."

"정말 훌륭한 생각이다. 어디에 집을 짓지?"

피글렛이 말했어.

"여기에 짓자."

푸가 말했어.

"이 소나무숲 바로 옆에 말이야. 바람도 피할 수 있잖아. 여기가 바로 내가 생각했던 곳이야. 그리고 이곳의 이름을 '푸 모퉁이'라고 짓자. 푸 모퉁이에 나뭇가지로 된 이요르의 집을 짓는 거야."

"숲 저쪽에 나뭇가지가 쌓여 있더라."

피글렛이 말했어.

"내가 봤어. 엄청 많아. 산더미처럼 쌓여 있다니까."

"고마워, 피글렛."

푸가 말했어.

"방금 네가 알려준 게 우리한테 엄청난 도움이 될 거야. 그렇다면 이곳의 이름을 '푸와 피글렛 모퉁이'라고 부를 수도 있겠어. 푸 모퉁이가 더 좋게 들리지만 않는다면 말이지. 푸 모퉁이가 아기자기하고 모퉁이에 더 잘 어울리는 이름 같긴 해. 암튼 같이 가보자."

푸와 피글렛은 울타리 문에서 내려왔어. 이제 나뭇가지를 구하러 숲 저쪽으로 향했어.

크리스토퍼 로빈은 오전 내내 집 안에 머물며 아프리카로 떠났다가 되돌아왔단다. 방금 막 보트에서 내려 바깥 상황은 어떤지 궁금해하던 참이었지. 그때 누군가가 문을 두드렸는데 바로 이요르였어.

"안녕, 이요르. 너 잘 지냈어?"

크리스토퍼 로빈이 문을 열고 나오며 인사했어.

"아직도 눈이 오고 있어."

이요르가 우울한 목소리로 대답했어.

"그러네."

"그리고 얼어붙을 만큼 추워."

"그런가?"

"응."

이요르가 대답했어. 그러더니 조금 밝아진 목소리로 다시 말했어.

"그래도 요즘 지진은 안 일어났네."

"무슨 일 있어, 이요르?"

"아무것도 아니야, 크리스토퍼 로빈. 대단한 문제는 아니야. 너 혹시 집이나 비슷한 무엇을 본 적 없을 거야, 그치?"

"무슨 집?"

"그냥 집 말이야."

"누가 사는 집?"

"내가 사는 집. 일단 내 생각에는 그랬어. 아닐 수도 있겠지. 어쨌든 우리 모두가 집을 가질 순 없는 노릇이니까."

"이요르, 난 몰랐어. 늘 생각하기로는…."

"어떨지는 모르겠어, 크리스토퍼 로빈. 하지만 지금처럼 이렇게 눈이 오기도 하고 이래저래 고드름도 물론 생기고 그러다 보니까, 내가 사는 들판은 새벽 3시쯤이면 보통 생각하듯 그리 덥지는 않아. 닫혀 있지 않으니까 아무래도. 무슨 말인지 알려나? 그렇게 불편하지 않은 건 아니야. 통풍이 안 되진 않지. 사실 말이야, 크리스토퍼 로빈…."

이요르는 속삭이듯 이야기를 이어갔어.

"우리끼리…하는…이야기니까…아무한테도…말하지…않았으면…하는 말인데 사실은, 추워."

"오, 이요르!"

"나 혼자 생각해봤는데, 내가 추위에 떨면 다들 안타깝게 생각할 거야. 친구들은 사실 별로 머리가 좋지 못해. 머릿속으로 잘못 날아든 잿빛 보풀 정도나 들어 있을까, 생각이란 걸 하지 않으니까. 하지만 눈이 6주 넘게 더 온다면 누군가는 혼자 생각해볼 수도 있겠지. '이요르는 새벽 3시에 그렇게까지 덥지는 않을 것 같은데.' 그럼 다른 친구들한테도 얘기가 퍼질 테고 다들 안타까워하겠지."

"오, 이요르!"

크리스토퍼 로빈은 진작부터 안타까워하고 있었어.

"너한테 일부러 못되게 말하려는 건 아니야, 크리스토퍼 로빈. 넌 다르지. 암튼 그래서 결국에는 내가 혼자서 저 작은 숲 옆에 집을 하나 지었다는 말이야."

"정말? 흥미진진한데!"

"정말 흥미진진한 이야기는 지금부터야. 오늘 아침에 그곳을 떠날 때만 해도 집이 있었는데, 돌아와보니 사라졌거든. 뭐, 어쩔 수 없는 일이야. 그냥 이요르의 집이었을 뿐이니까. 그런데 대체 어찌 된 일인지 궁금하긴 해."

크리스토퍼 로빈은 가만히 서서 궁금해하지만은 않았어. 곧장 자기 집으로 가서 방수 모자를 쓰고 방수 장화를 신고 방수 코트까지 잽싸게 챙겨 입었지.

"당장 가서 찾아보자."

크리스토퍼 로빈이 이요르에게 외쳤어.

이요르가 말했어.

"다른 사람의 집을 가져가다가 관두는 경우가 있잖아? 마음에 안 드는 부분이 한두 군데 눈에 띄면 그러더라고. 그때 집 주인에게 다시 돌려주면 오히려 좋은 일이지. 무슨 말인지 알겠어? 그러니 우리가 지금 가면…."

"어서 가자."

크리스토퍼 로빈이 말했고, 둘은 서둘러 떠났지. 소나무 숲 근처의 어느 들판 모퉁이에 금세 도착했어. 이요르의 집은 더 이상 그곳에 없었어.

"이것 봐! 나뭇가지 하나 안 남았어! 뭐, 그래도 잔뜩 쌓인 이 눈으로 내가 좋아하는 걸 할 수야 있겠네. 불평하면 안 되지."

하지만 크리스토퍼 로빈은 이요르의 말 대신에 귀 기울이는 소리가 따로 있었어.

"이 소리 들려?"

크리스토퍼 로빈이 물었어.

"무슨 소리? 누가 웃고 있어?"

"잘 들어봐."

둘은 들려오는 소리에 귀를 기울였어. 눈이 오고 또 온다고 노래하는 낮고 걸걸한 목소리도 들리고, 중간중간 티들리 팜이라고 외치는 작지만 카랑카랑한 목소리도 들렸어.

"푸야."

크리스토퍼 로빈이 신나서 외쳤어.

"어쩌면."

이요르가 대답했어.

"피글렛도!"

신난 크리스토퍼 로빈이 또 외쳤어.

"아마도."

이요르가 이렇게 대답하고 말을 이었어.

"지금 우리한테 필요한 건 잘 훈련된 블러드하운드Bloodhound인데."

그런데 갑자기 노랫말이 바뀌었어.

"우리 집 다 지었다!"

걸걸한 목소리가 노래했어.

"티들리 팜!"

카랑카랑한 목소리가 노래했어.

"멋진 집이야…."

"티들리 팜…."

"내 집이었음 좋겠다…."

"티들리 팜…."

"푸!"

크리스토퍼 로빈이 소리쳤어.

울타리 문에서 노래하던 둘의 소리가 뚝 끊겼어.

"크리스토퍼 로빈!"

푸가 좋아하며 소리쳤어.

"우리가 나뭇가지 주워왔던 자리 근처에 있었네."

피글렛이 말했어.

"어서 와."

푸가 말했어.

푸와 피글렛이 울타리 문에서 내려오더니 서둘러 숲 모퉁이로 향했어.

"오, 이요르가 있었네."

크리스토퍼 로빈을 포옹하고 난 푸가 말했어. 그러고는 팔꿈치로 피글렛의 옆구리를 슬쩍 찔렀어. 피글렛도 똑같이 푸의 옆구리를 슬쩍 찔렀지. 둘이서 몰래 준비한 깜짝 선물이 얼마나 멋질까 생각했단다.

"안녕, 이요르."

"너도 안녕, 곰돌이 푸. 목요일이면 두 배로 안녕하고."

이요르가 우울한 목소리로 말했어.

푸가 "왜 목요일이야?"라고 물으려던 참에 크리스토퍼 로빈이 나서서 이요르가 집을 잃어버렸다는 안타까운 이야기를 들려주기 시작했어. 이야기를 듣는 푸와 피글렛의 눈이 점점 커지고 또 커졌어.

"이요르의 집이 어디 있었다고?"

푸가 물었어.

"바로 여기."

이요르가 대답했어.

"나뭇가지로 만들어진 집이라고?"

"응."

"아!"

피글렛이 외쳤어.

"왜?"

이요르가 물었어.

"그냥 외쳐봤어."

피글렛은 초조하게 둘러댔어. 침착해지려고 티들리 팜을 한두 번 흥얼거렸지. 마치 '이제—우리—어쩌지?' 하고 노래하는 것 같았다니까.

"그게 정말 집이었어? 아니, 그러니까 너의 집이 바로 여기 있었던 게 맞아?"

푸가 물었어.

"그렇다니까."

이요르가 대답했어. 그러더니 혼자 웅얼거렸지.

"얘들은 머리가 참 나빠."

"무슨 문제라도 있어, 푸?"

크리스토퍼 로빈이 물었어.

"음, 사실….'

푸가 말했어.

"그러니까 사실….'

푸가 계속 말했어.

"그게 말이지, 이런 거야."

푸는 뭔가 설명하기 어려운 이야기를 하려는 듯 보였어. 그러다 다시 피글렛의 옆구리를 슬쩍 찔렀지.

"이런 거야."

피글렛이 얼른 이어받았어. 그러고는 곰곰이 생각해보더니 이렇게 덧붙였어.

"더 따뜻하거든."

"뭐가 더 따뜻해?"

"저 반대편이 더 따뜻하다고. 이요르의 집이 있는 곳 말이야."

"내 집? 내 집이라면 여기 있었는데."

이요르가 말했어.

"아니, 저 반대편에 있어."

피글렛이 단호하게 말했어.

"거기가 더 따뜻하거든."

푸도 말했어.

"하지만 내가 알고 싶은 건…."

"일단 가봐."

피글렛이 한마디 툭 던지고는 앞장섰어.

"두 집이 다 거기 있지는 않을 거야. 그렇게 가까이 붙어 있을 리가 없잖아."

푸가 말했어.

숲 모퉁이로 가자 이요르의 집이 있었어. 더없이 편안해 보이는 집이었지.

"이 집이야."

피글렛이 말했어.

"바깥도 있고 안도 있어."

푸가 자랑스레 말했어.

이요르는 안으로 들어갔다가, 다시 밖으로 나왔어.

"놀라운걸. 이게 내 집이라니. 난 아까 말했던 곳에 집을 지었거든. 분명 바람이 날려 보낸 게 틀림없어. 바람이 여기까지 집을 날려 보낸 거지. 여기도 예전만큼 좋네. 솔직히 말하자면, 더 좋아."

"훨씬 더 좋지."

푸와 피글렛이 입을 모아 말했어.

"이렇게 약간의 수고만 들인다면 무엇을 해낼 수 있는지 보여주는 거야. 알겠지, 푸? 피글렛도 알겠지? 첫째로 머리를 써야 하고 그 다음부터는 열심히 노력해야 해. 이거 봐! 집은 이렇게 짓는 거라니까."

이요르가 자랑스럽게 말했어.

친구들은 이요르를 집에 남겨두고 떠났어. 크리스토퍼 로빈과 푸, 피글렛은 함께 점심을 먹기 위해 왔던 길로 되돌아갔지. 가는 길에 푸와 피글렛은 자기들이 저지른 엄청난 실수를 크리스토퍼 로빈에게 들려줬어. 크리스토퍼 로빈은 깔깔대며 웃었지. 그런 다음 셋은 걸어가는 내내 눈 오는 날 야외에서 부르는 노래를 함께 불렀어. 아마 피글렛이었을 것 같은 목소리가 중간중간 티들리 팜을 외쳤고.

"쉬워 보이겠지만 말이야, 아무나 할 수 있는 게 아니야."

피글렛이 혼자 중얼거렸어.

숲을 찾아온 티거에게
아침밥 먹이기

잠자던 곰돌이 푸는 한밤중에 별안간 깼어. 무슨 소리가 들렸거든. 침대에서 나와 촛불을 켜고 쿵쿵 걸음을 옮겨 누군가가 꿀이 보관된 찬장에 접근하지 않았는지 확인했어. 아무도 없었지. 다시 쿵쿵 걸음을 옮겨 촛불을 끄고 침대 속으로 들어갔어. 그런데 또다시 아까 그 소리가 들려왔어.

"피글렛이니?"

푸가 물었어. 피글렛은 아니었어.

"크리스토퍼 로빈이구나. 어서 와."

크리스토퍼 로빈도 아니었어.

"내일 이야기하자, 이요르."

푸가 졸린 목소리로 말했어.

하지만 소리는 계속됐어.

"워라워라워라워라워라."

알—수—없는—무언가가 계속 소리를 냈어. 결국 푸는 잠들지 못했지.

"대체 뭐야? 숲에서 들려오는 소리는 많지. 하지만 이건 달라. 으르렁대는 소리도 아니고 그르렁대는 소리도 아니고 컹컹대는 소리도 아니야. 시를 읊기 전에 내는 소리도 아니야. 어느 낯선 동물이 내는 소리야. 그 동물이 우리 집 문밖에 있고. 일어나서 그러지 말라고 말해야겠다."

푸는 침대를 빠져나와 현관문을 열었어.

"안녕!"

푸는 바깥에 있을지도 모를 무언가에게 일단 인사했어.

"안녕!"

그 무언가도 인사했어.

"오! 안녕!"

푸가 다시 인사했어.

"안녕!"

"오, 너구나! 안녕!"

푸가 또 인사했어.

"안녕!"

이 낯선 동물은 언제까지 인사를 해야 하나 생각하며 또 인사했어.

푸는 네 번째 인사를 막 건네려다가 이제 그만해야겠다고 생각했지. 대신 이렇게 물었어.

"너 누구야?"

"나."

"오! 그렇구나. 이쪽으로 와."

낯선 동물은 푸 가까이 다가갔어. 둘은 촛불 속에서 서로의 모습을 확인했지.

"나는 푸야."

푸가 말했어.

"나는 티거야."

티거가 말했어.

"오!"

티거는 푸가 한 번도 본 적 없는 동물이었어.

"크리스토퍼 로빈은 너를 알까?"

"물론이지."

티거가 말했어.

"일단 지금은 한밤중이니까 잠자리에 드는 게 좋겠어. 내일 아침밥으로는 꿀을 먹자. 티거들은 꿀을 좋아하니?"

"티거들이야 뭐든 좋아해."

티거는 쾌활하게 대답했어.

"그렇다면 티거들은 바닥에서 자는 것도 좋아하겠지? 난 침대로 갈게. 아침이 되면 뭘 해보자. 잘 자."

푸는 이렇게 말하고 다시 침대로 돌아가 금세 잠이 들었어.

아침이 되자 푸가 잠에서 깼어. 티거의 모습이 가장 먼저 눈에 들어왔어. 티거는 거울 앞에 앉아 자기 모습을 바라보고 있었어.

"안녕!"

푸가 인사했어.

"안녕!"

티거도 인사했어. 그리고 이어서 말했어.

"나랑 똑 닮은 애를 발견했어. 나 같은 애는 나밖에 없는 줄 알았

는데."

　푸는 침대에서 빠져나오며 티거에게 거울을 본다는 게 무슨 의미
인지 설명하기 시작했어. 그런데 흥미로운 부분으로 막 들어가려는
참에, 티거가 끼어들었어.

　"잠시만, 네 테이블 위로 무언가가 기어오르고 있어."

　티거는 워라워라워라워라워라 하고 크게 소리치더니 폴짝 뛰어
올라 테이블보의 끝자락을 붙잡고 바닥까지 끌어내렸어. 그리고는
온몸에 둘둘둘 세 번 말아서 반대편까지 굴러갔어. 엎치락뒤치락한
끝에 티거의 머리가 다시 밖으로 쑥 튀어나왔지. 티거가 쾌활하게

외쳤어.

"내가 이겼나?"

"이건 내 테이블보야."

푸는 테이블보에 둘둘 말린 티거를 풀어주며 말했어.

"나는 이게 뭔가 했어."

티거가 말했어.

"이건 테이블에 펼쳐두는 거야. 그리고 그 위에 물건을 올려놓지."

"그럼 왜 내가 안 보는 틈을 타 나를 물려고 했지?"

"안 그랬던 것 같은데."

"그랬다니까. 내가 워낙 빨랐지만 말이야."

푸는 테이블보를 원래대로 펼치고 큼직한 꿀단지를 꺼냈어. 둘은 아침밥을 먹기 위해 자리에 앉았지. 티거는 자리에 앉자마자 꿀을 한 움큼 퍼먹었어. 그리고… 고개를 갸우뚱한 채로 천장을 올려다봤어. 그러고는 혀를 굴리며 맛보는 소리, 곰곰이 고민하는 소리, 여기서 뭘 먹는 건지 생각하는 소리를 내다가… 마침내 결심한 듯 말했어.

"티거들은 꿀을 안 좋아해."

"오!"

푸는 아쉽고 안타깝다는 듯 들리게 하려고 애썼어.

"티거들은 뭐든 다 좋아하는 줄 알았는데."

"꿀 빼고 다 좋아해."

티거가 말했어.

푸는 이렇게 된 게 오히려 기뻤어. 티거에게는 자기가 아침밥을 다 먹는 대로 피글렛의 집에 데리고 가주겠다고 말했지. 가서 피글렛의 또토리(피글렛이 도토리를 가리켜 부르는 말―옮긴이)를 먹을 수 있게 해주겠다고 말이야.

"고마워, 푸. 또토리는 티거들이 제일 좋아하는 거야."

푸가 아침을 다 먹은 뒤 둘은 피글렛의 집으로 향했어. 푸는 티거와 함께 걸으면서 설명하기를, 피글렛은 콩콩 뛰는 걸 별로 안 좋아하는 아주 조그만 동물이라고 했어. 그러니 처음 만났을 때만이라도 지나치게 콩콩 뛰는 일이 없도록 해달라고 부탁했어. 티거는 나무 뒤에 숨었다가 푸의 그림자가 자기를 보지 않는 틈에 그 위로 풀쩍 뛰어 올라갔어. 그러고는 말하길, 티거들은 아침밥을 먹기 전에만 콩콩 뛴다는 거야. 또토리 몇 알 먹고 나면 바로 차분하고 의젓해진다고 말이야. 그러다 어느새 피글렛의 집 앞에 도착한 둘은 문을 똑똑 두드렸어.

"안녕, 푸."

피글렛이 말했어.

"안녕, 피글렛. 얘는 티거야."

"오, 그래?"

피글렛은 테이블을 따라 슬금슬금 반대편으로 옮겨가면서 말했어.

"난 티거들은 몸집이 더 작을 줄 알았는데."

"큰 티거들은 안 그렇지."

티거의 말에 푸가 이어서 말했어.

"티거들은 또토리를 좋아한대. 그래서 왔어. 불쌍한 티거가 아직 아침밥을 못 먹었거든."

피글렛은 또토리가 든 그릇을 티거 쪽으로 슥 밀어주었지.

"맘껏 먹어."

피글렛은 푸에게 바짝 다가갔어. 그랬더니 한결 용기가 나는 것 같았어.

"그러니까 네가 티거라는 거지? 그래, 그렇구나!"

피글렛은 태평한 듯한 어투로 말했어. 하지만 티거는 아무 대답도 하지 못했어. 입안 가득 또토리를 물고 있었거든.

티거는 한참 오도독오도독 씹는 소리를 내더니 말했어.

"이어드으 오이으아오아."

"뭐라고?"

티거의 웅얼대는 소리에 푸와 피글렛이 물었어.

"자까아."

티거는 잠시 밖으로 나갔어. 그리고 다시 돌아와서는 단호하게 말했지.

"티거들은 또토리를 안 좋아해."

"티거들은 꿀 빼고 다 좋아한다면서."

"꿀이랑 또토리 빼고 다 좋아해."

"오, 그렇구나!"

티거의 설명을 듣고 푸가 말했어. 티거들이 또토리를 안 좋아한다는 말에 오히려 기뻐진 피글렛이 물었어.

"엉겅퀴는 어때?"

"엉겅퀴? 티거들이 제일 좋아하는 거지."

"그럼 같이 이요르한테 가자."

그렇게 푸와 피글렛, 티거는 출발했어. 걷고 또 걷고 또 걸어서, 마침내 이요르가 있는 숲의 한편에 도착했어.

"안녕, 이요르! 얘는 티거야."

푸가 말했어.

"뭐라고?"

이요르가 말했어.

"얘 말이야."

푸와 피글렛 둘이서 함께 티거를 소개했어. 티거는 엄청 행복해 보이는 미소를 지으며 아무 말 없이 있었어.

이요르는 티거 주위를 한 바퀴 빙 돌아보고, 또 반대 방향으로 한 바퀴 빙 돌아봤어.

"뭐라고 했지?"

이요르가 물었어.

"티거."

"아!"

이요르가 외쳤어.

"방금 막 왔어."

피글렛이 설명했어.

"아!"

이요르가 다시 외쳤어. 그러고는 오랫동안 생각에 잠겼다가 다시 말했어.

"언제 갈 건데?"

푸는 이요르에게 티거가 크리스토퍼 로빈의 좋은 친구이며 이 숲에서 살기 위해 왔다고 설명했어. 피글렛은 티거에게 이요르의 말에 신경 쓸 필요 없다면서 이요르는 원래 늘 우울해 있다고 했어. 이요르는 피글렛에게 오히려 오늘 아침은 특별히 기분이 좋은 상태라고 말했어. 티거는 누가 듣든 간에 아무튼 자기는 여태 아침밥을 못 먹었다고 했어.

"그러니까 말이지, 티거들은 엉겅퀴를 늘 먹는대. 그래서 너한테 온 거야, 이요르."

"됐으니까 그만해, 푸."

"아, 이요르. 내가 널 보고 싶었던 게 아니라는 뜻이 아니고…."

"그래, 그래. 그러니까 새로 데려온 줄무늬 친구가 아침밥을 먹고 싶다는 말이잖아. 이름이 뭐라고 했지?"

"티거."

"그럼 이쪽으로 와, 티거."

이요르는 엉겅퀴가 아주 무성해 보이는 곳으로 친구들을 데려갔어. 발굽으로 그곳을 가리키며 말했지.

"이 작은 엉겅퀴 밭은 내 생일날 먹으려고 남겨뒀는데, 뭐 생일이 대수야? 오늘은 오늘이고 내일이면 다 사라질지도 모르는걸. 다 덧없어. 맘껏 먹어, 티거."

티거는 이요르에게 고맙다고 인사한 다음, 살짝 걱정스러운 얼굴로 푸를 쳐다봤어.

"이게 엉겅퀴 맞아?"

티거가 물었어.

"응."

푸가 대답했어.

"티거들이 제일 좋아한다는?"

"맞아."

"그렇구나."

티거는 엉겅퀴를 입안 가득 넣었어. 그리고 우걱우걱 씹었지.

"아얏!"

티거가 소리를 지르더니 자리에 주저앉아 입안에 앞발을 집어넣었어.

"무슨 문제라도 있어?"

"따가워!"

티거가 우물거리며 말했어.

"네 친구, 벌에 쏘이기라도 했나 본데?"

이요르가 말했어.

티거는 가시를 빼내려고 고개를 막 흔들다가 멈추고 말했어. 티거들은 엉겅퀴를 좋아하지 않는다고 말이지.

"그럼 왜 멀쩡한 엉겅퀴를 망가뜨렸어?"

이요르가 물었어.

"그렇지만 너, 티거들은 꿀이랑 또토리 빼고 뭐든 다 좋아한다고 말했잖아."

푸도 말했어.

"엉겅퀴도 빼고."

티거는 이렇게 대답하더니 이제는 혀를 쭉 내밀고 빙글빙글 돌기 시작했어.

푸는 그런 티거를 안타까워하며 바라봤지.

"이제 우리 어떻게 하지?"

푸가 피글렛에게 물었어.

질문의 정답을 잘 알았던 피글렛은 곧장 대답했어. 크리스토퍼 로빈을 보러 가야 한다고 말이야.

"크리스토퍼 로빈은 지금 캥거와 함께 있을 거야."

이요르가 말했어. 그러고는 푸에게 다가가 속삭였어.

"네 친구에게 운동은 다른 곳에 가서 하라고 말해줄 수 있어? 나 곧바로 점심을 먹을 생각인데, 입에 대기도 전인 내 점심밥 위로 누가 뛰어다니는 걸 원치 않거든. 대수롭지 않은 문제이고 내가 까다롭게 구는 것이긴 하지만, 누구나 사소하게나마 자기만의 방식이 있는 법이잖아."

푸는 진지하게 고개를 끄덕이고 티거를 불렀어.

"우리 같이 캥거한테 가자. 캥거네 집이라면 분명 네가 아침밥으로 먹을 만한 게 많을 거야."

티거는 마지막으로 한 바퀴 더 돌고 난 뒤에야 푸와 피글렛의 곁으로 왔어.

"따가워서 그랬어! 자, 가자!"

티거는 친근하게 함박웃음을 지으며 말했어. 그리고 얼른 출발했지.

푸와 피글렛은 티거의 뒤를 따라 천천히 걸어갔어. 둘은 아무 말도 없이 걸었어. 피글렛은 딱히 떠오르는 말이 없었고, 푸는 시를 생각하느라 말이 없었지.

작고 불쌍한 티거를

어쩌면 좋지?

아무것도 먹지 못한다면

더는 자라지 못할 거야.

티거는 꿀과 또토리와 엉겅퀴를

좋아하지 않아.

맛이 없어서,

또 잔털이 있어서.

동물들이 좋아할 법한 음식은 꼭

삼키기 힘들거나

가시가 너무 많다니까.

"티거는 이미 충분히 몸집이 크잖아."

피글렛이 입을 열었어.

"그렇게 아주 크진 않아."

"음, 큰 것 같은데."

피글렛과 이야기하고 난 후 푸는 생각에 잠겼어. 그러더니 혼자 웅얼거리기 시작했지.

그런데 말이야, 티거는 몸무게가

몇 파운드이든, 몇 실링이든, 몇 온스이든

그거랑 상관없이 언제나 덩치가 더 커 보여.

"시는 여기까지야. 어때, 피글렛? 맘에 들어?"

"실링 부분만 빼고. 거기 있으면 안 되잖아."

피글렛이 대답했어.

"실링이 파운드 뒤에 들어가길 원하더라고. 그러라고 했지. 그게 시 쓰는 데 가장 좋은 방법이거든. 들어가길 원한다면 허락하는 거 말이야."

푸가 설명했어.

"아, 몰랐네."

피글렛이 대답했어.

티거는 가는 내내 푸와 피글렛 앞에서 콩콩 뛰며 갔어. 그리고 중간중간 뒤를 돌아보며 물었지.

"이 길이 맞아?"

그러다 마침내 캥거의 집이 보였어. 거기에 크리스토퍼 로빈이 있었지. 티거는 크리스토퍼 로빈에게 달려갔어.

"오, 너구나, 티거! 난 네가 어딘가에 있을 줄 알았어."

크리스토퍼 로빈이 말했어.

"나 숲속에서 이것저것 찾고 있었지. 푸랑 피글렛이랑 이요르는 찾았어. 그런데 아침밥으로 먹을 만한 걸 아직 못 찾았네."

푸와 피글렛이 다가와 크리스토퍼 로빈을 꼭 안았어. 그러고는 그간 무슨 일이 있었는지 이야기했지.

"너는 혹시 티거들이 뭘 좋아하는지 아니?"

푸가 물었어.

"열심히 생각해봤다면 알았을 텐데⋯. 난 티거가 아는 줄 알았어."

크리스토퍼 로빈이 대답했어.

"알지. 꿀이랑 또토리만 빼고 세상의 모든 걸 좋아해. 아, 그 따가운 게 이름이 뭐였지?"

티거가 물었어.

"엉겅퀴."

"응, 엉겅퀴도 빼고."

"음, 캥거라면 티거가 먹을 만한 아침밥을 줄 수 있을 거야."

친구들은 캥거의 집으로 들어갔어. 루는 "안녕, 푸", "안녕, 피글렛" 하고 한 번씩 인사한 다음 "안녕, 티거" 하고 두 번 인사했어. 티거한테 인사하기는 처음인데 발음이 재밌게 들렸거든. 친구들은 캥거에게 뭘 바라는지 이야기했어. 그러자 캥거는 아주 친절하게 "그럼 내 찬장을 볼래, 티거? 거기서 네가 좋아하는 걸 찾아보렴" 하고 말했어. 캥거는 티거가 덩치만 커 보이지 사실 루한테 하듯이 친절하게 대해주길 바란다는 사실을 바로 눈치챘거든.

"나도 같이 봐도 될까?"

푸가 말했어. 슬슬 오전 11시에 가까워졌다는 느낌이 들기 시작했거든. 찬장을 들여다보던 푸는 연유가 든 작은 캔 하나를 발견했어. 어쩐지 티거는 연유를 안 좋아한다고 할 것 같았어. 푸는 연유를 따로 구석에 놓고는 아무도 못 가져가도록 지켰어.

티거도 찬장에 코를 박고 앞발을 휘휘 저으며 살펴봤어. 하지만

아무리 뒤져도 티거들이 좋아하지 않는 것뿐이었지. 찬장 안의 음식

들을 빠짐없이 살펴봤지만 결국 먹을 수 있는 게 없었어. 티거는 캥

거에게 말했어.

"이젠 어쩌지?"

그런데 그때 캥거와 크리스토퍼 로빈과 피글렛이 루 주위에 모여

있었어. 캥거가 루에게 맥아 시럽을 먹이려는 모습을 지켜보는 중이

었지. 루는 "꼭 먹어야 해요?"라고 말했고 캥거는 "자, 약속했잖아.

기억하지, 아가?"라고 말했어.

"저게 뭔데?"

티거가 피글렛에게 조용히 물었어.

"루가 먹는 튼튼약이야. 루는 너무 싫어해."

피글렛이 대답했어.

티거는 루의 의자 뒤로 바짝 다가갔어. 그러다 갑자기 루 쪽으로
몸을 기울여 혀를 쭉 내밀더니 맥아 시럽이 담긴 숟가락을 냉큼 먹
어버렸어. 캥거가 깜짝 놀라서 펄쩍 뛰어오르며 "오!"하고 소리쳤
지. 그리고 티거의 입속으로 막 사라지려는 숟가락을 붙잡고는 도로
조심조심 꺼냈어. 맥아 시럽은 싹 사라진 뒤였어.

"아가!"

캥거가 티거를 향해 소리쳤어.

"티거가 내 약을 먹어버렸네. 티거가 내 약을 먹어버렸어. 티거가

내 약을 먹어버렸어!"

루는 신나서 노래를 불렀어. 엄청 재미있는 장난이라고 생각하면서 말이야.

티거는 천장을 올려다보다가 눈을 감았어. 그러고는 혀로 입가를 이리저리 핥고 또 핥았지. 혹시 어디 묻은 게 남았으려나 싶어서 말이지. 그러다 빙그레 미소를 지으며 말했어.

"티거들이 좋아하는 게 바로 이거야!"

그래서 티거는 그날 이후로 캥거의 집에서 쭉 지내면서 아침과 저녁, 차 마시는 시간이면 맥아 시럽을 먹었다는 이야기란다. 또 캥거가 생각하기에 티거는 튼튼해지고 싶어질 때면 식사를 마친 뒤에도 약을 먹듯 루의 아침밥 한두 숟갈을 먹었다지.

피글렛이 푸에게 말했어.

"하지만 내 생각에 티거는 이미 충분히 튼튼한 것 같아."

하마터면 히파럼프와
마주칠 뻔한 순간

그날 푸는 집에서 꿀단지가 얼마나 남았는지 세고 있었어. 그때 누군가가 문을 두드렸어.

"열넷. 들어와. 열넷. 아니다, 열다섯이었나? 참 성가시네. 저 소리 때문에 헷갈렸잖아."

"안녕, 푸."

래빗이 인사했어.

"안녕, 래빗. 열넷이 맞나?"

"뭐가?"

"내 꿀단지들을 세고 있었어."

"열넷이 맞아."

"확실해?"

"그렇진 않지. 중요한 문제야?"

"그냥 알고 싶어서. 그래야 혼자 생각해볼 수 있거든. '이제 꿀단지가 열네 개 남았구나.' 열다섯 개가 남았다면 열다섯 개가 남았다고 생각할 테고. 이걸 알아두면 마음이 편안해지는 것 같아."

푸는 수줍게 말했어.

"음, 그럼 여섯 개라고 해두자. 암튼 너한테 물어볼 게 있어서 왔어. 혹시 어디서든 꼬마를 본 적 있니?"

"모르겠어."

푸는 대답하고 난 뒤에 잠시 더 생각해보더니 물었어.

"꼬마가 누구야?"

"내 친구들과 친척들 중 하나야."

래빗은 대강 대답했어.

들어도 별 도움이 안 되는 대답이었어. 래빗은 친구들과 친척들이 엄청 많았거든. 종류도 다양하고 크기도 다양했어. 그러니 참나무 꼭대기를 올려다봐야 할지, 미나리아재비 꽃잎을 들춰봐야 할지 알 수 없었지.

"오늘 아무도 못 봤어. '안녕, 꼬마'라고 인사한 적도 없고. 꼬마한 테 필요한 거라도 있어?"

푸가 물었어.

"필요한 건 없어. 하지만 친구들과 친척들이 어디 있는지 알아두 면 언제든 유용하거든. 당장 필요한 게 있든 없든 말이지."

래빗이 말했어.

"오, 그렇구나. 혹시 꼬마가 길을 잃었어?"

푸가 물었어.

"음, 오랫동안 아무도 꼬마를 못 봤다니까 아무래도 그런 것 같 아."

래빗은 젠체하는 말투로 계속 이야기를 이어갔어.

"내가 수색대를 편성하기로 크리스토퍼 로빈이랑 약속했어. 어서 가자."

푸는 열네 개의 꿀단지에게 다정히 작별인사를 했어. 한편으로는 열다섯 개였으면 좋겠다고 생각하면서 말이야. 그렇게 푸와 래빗은 함께 숲으로 갔어.

"자, 이제 수색대를 시작하자. 내가 편성했는데….."

"뭘 했다고?"

래빗의 말에 푸가 되물었어.

"편성했다고. 그게 무슨 뜻이냐면, 수색대로서 하는 일을 정하는 거야. 다 같은 곳을 살피는 게 아니라. 그러니 푸 너는 일단 소나무 여섯 그루가 있는 숲을 수색해. 그리고 나서 아울의 집으로 이동하고 거기서 날 찾아. 알았지?"

"아니, 그러니까…."

"그럼 한 시간쯤 뒤에 아울의 집에서 만나자."

"피글렛도 편승했어?"

"우리 다 편성했어."

대답을 마친 래빗은 길을 떠났어.

래빗이 눈앞에서 사라지고 난 뒤에야 푸는 꼬마가 누구인지 물어본다는 걸 깜빡했다는 사실이 떠올랐어. 꼬마가 누군가의 콧등에 올라앉는 종류인지, 누군가가 실수로 밟을 수도 있는 종류인지 물어보지 못한 거야. 래빗에게 물어보기에는 이미 너무 늦었으니 일단 피글렛부터 찾아야겠다고 생각했어. 피글렛에게 지금 자기들이 찾고 있는 꼬마가 누구인지 물어보기로 했지.

"그런데 소나무 여섯 그루가 있는 숲에서 피글렛을 찾아봤자 소용없겠어. 피글렛에게 편승한 특별한 장소가 따로 있을 테니까. 그럼 피글렛의 특별한 장소부터 찾아야겠다. 어딘지 궁금하네."

푸는 혼자 중얼거렸어. 그러고는 머릿속으로 다음과 같이 정리했어.

〈찾아야 하는 순서〉

1. 특별한 장소(피글렛을 찾아야 하니까)

2. 피글렛(꼬마가 누군지 알아야 하니까)

3. 꼬마(꼬마를 찾아야 하니까)

4. 래빗(꼬마를 찾았다고 알려야 하니까)

5. 다시 꼬마(래빗을 찾았다고 알려야 하니까)

'정리해보니 참 성가신 하루가 되겠구나 싶네.'

푸는 이렇게 생각하며 걸음을 옮겼어.

바로 다음 순간부터, 그날은 참말로 성가신 하루가 되고 말았어. 바삐 걷느라 길을 제대로 못 봤던 푸가 그만 실수로 숲의 어느 구멍 난 부분에 발을 디뎠고, 그때 간신히 머릿속에 떠올린 생각은 이거였어.

'나 날고 있잖아. 아울처럼. 그런데 어떻게 멈추지…?'

그러다 바로 뚝 멈췄어.

쿵!

"아야!"

외마디 소리가 튀어나왔어.

'신기하네. 내가 소리 안 질렀는데도 '아야!' 소리가 났어.'

푸는 혼자 생각했지.

"도와줘!"

작지만 카랑카랑한 목소리가 들렸어.

'또 나구나. 그러니까 난 사고를 당했어. 우물 속에 떨어졌는데 목소리가 완전히 카랑카랑하게 변한 거지. 머릿속으로 생각이 떠오르

면 말할 준비도 하기 전에 먼저 목소리가 흘러나와. 이런!'

푸는 생각했어.

"도와줘. 도와달라고!"

'이거 봐! 내가 하려고 한 적 없는 말도 나와. 나 아주아주 나쁜 사고를 당한 게 틀림없어.'

푸는 다시 생각했어. 그러다 혹시 정작 하려는 말은 아예 할 수 없어진 게 아닐까 싶어졌어. 그래서 확인해보려고 큰 소리로 외쳤지.

"곰돌이 푸가 아주아주 나쁜 사고를 당했다!"

"푸!"

작지만 카랑카랑한 목소리가 또 들려왔어.

"피글렛이다!"

푸가 흥분해서 외쳤어.

"너 어디야?"

"밑에."

피글렛이 저 밑에 깔린 것처럼 말했어.

"어디 밑?"

"네 밑에 깔려 있다고. 어서 일어나!"

피글렛이 소리쳤어.

"아하!"

푸는 재빨리 몸을 일으켰어.

"내가 네 위에 떨어진 거야, 피글렛?"

"응, 네가 내 위에 떨어졌어."

피글렛은 자기 몸을 구석구석 더듬어보며 말했어.

"일부러 그런 건 아니야."

푸가 안타까워하며 말했어.

"나도 일부러 밑에 깔린 건 아니야…. 하지만 이제 괜찮아, 푸. 떨어진 게 너라서 참 다행이야."

"무슨 일이 일어난 거지? 우리 지금 어디야?"

"우리 어떤 구덩이에 갇힌 것 같아. 누굴 찾으면서 걷고 있었는데 어느 순간 뚝 끊겼어. 지금 어디인지 살펴보려고 몸을 일으키는데 갑자기 뭔가 내 위에 떨어졌어. 그게 바로 너였고."

"그랬구나."

"응, 그런데 푸…."

불안해하며 말을 이어가던 피글렛이 푸의 곁으로 다가왔어.

"우리 지금 함정에 빠진 걸까?"

푸는 사실 이제껏 그리 생각하지 못했지만 일단 고개를 끄덕였지. 그러고 보니 퍼뜩 생각나는 게 있었어. 예전에 푸와 피글렛이 히파럼프를 잡으려고 만든 푸 함정. 이제야 어찌 된 일인지 짐작할 수 있었어. 푸와 피글렛은 히파럼프 함정에 빠진 거야! 바로 그거였어.

"히파럼프가 오면 어쩌지?"

이 사실을 알게 된 피글렛이 오들오들 떨면서 물었어.

"히파럼프가 너는 알아보지 못할 거야, 피글렛. 넌 몸집이 아주 작은 동물이잖아."

푸는 피글렛을 다독이며 말했어.

"그렇지만 푸, 너는 알아볼 텐데."

"히파럼프가 나는 알아보겠지. 나도 히파럼프를 알아볼 테고."

푸는 곰곰이 생각하다가 대답했어.

"히파럼프와 나는 서로 오랫동안 보고 있겠지. 그러다 히파럼프가 '호—호!' 하고 외칠 거야."

피글렛은 히파럼프의 "호—호!"를 떠올리다가 살짝
몸이 떨렸어. 두 귀가 씰룩대기 시작했지.

"뭐, 뭐라고 말할 거야, 넌?"

푸는 뭐라고 말할지 생각해봤어. 하지만 아무리 고민해봐도 히파럼프가 말하려고 하는 목소리로 히파럼프가 말한 "호—호!"에 그럴듯한 대답이 떠오르지 않았어.

"나는 아무 말도 안 하려고."

고민 끝에 푸가 내놓은 답이었어.

"그냥 혼자 콧노래를 흥얼거리려고. 뭔가를 기다리고 있는 척 말이지."

"그러다 히파럼프가 다시 '호—호!'라고 하면?"

피글렛이 걱정스럽게 물었어.

"그러겠지."

푸가 대답했어.

피글렛은 두 귀가 얼마나 움찔대던지 벽에 기대어놓고 진정시켜야 했어.

"히파럼프는 다시 '호—호!'라고 할 거야. 난 계속 콧노래를 흥얼거릴 거고. 그러면 히파럼프가 당황하겠지. 만약 네가 '호—호!'라고 약간 우쭐대면서 두 번 말했는데, 상대방이 그냥 흥얼거리기만 한다면 어떻겠어? 막 세 번째로 '호—호!'라고 하려다가 갑자기, 음… 그러니까, 넌….'

"뭐?"

"그게 아니구나 싶을 거야."

"그게 아니라고?"

뭐라고 하고 싶은 말이 있었지만, 머리가 별로 좋지 못한 곰돌이 푸는 단어가 떠오르질 않았어.

"음, 그냥 그게 아니라고."

"그러니까 네 말은 '호—호!'라고 해도 소용없다는 뜻이야?"

피글렛이 반기며 말했어.

푸는 피글렛을 감탄스럽다는 듯 쳐다봤지. 그러고는 그게 자기가 하려던 말이었다고 했어. 계속 콧노래를 흥얼거리면 '호—호!'라도 소용없다고. 언제까지고 '호—호!'라고 외칠 순 없잖아.

"그렇지만 히파럼프는 또 뭐라고 말할 거야."

"바로 그거야. 히파럼프는 이렇게 말할 거야. '이게 다 뭐람?' 그럼 그때 내가 이렇게 말하는 거지. 이거 굉장히 좋은 생각이야, 피글렛. 방금 떠올려냈다니까. 나 이렇게 말할 거야. '이건 내가 만든 히파럼프 함정이야. 히파럼프가 이 함정에 떨어지길 기다리는 중이지.' 그러고는 다시 콧노래를 흥얼거릴 거야. 그럼 히파럼프가 불안해하겠지."

"푸!"

피글렛이 외쳤어. 이번에는 피글렛이 푸를 감탄스럽게 쳐다볼 차례였어.

"네가 우리를 구했어!"

"내가?"

푸는 확신하기 어려워 되물었어.

하지만 피글렛은 확신했지. 머릿속으로 계속 상상하며 푸와 히파럼프가 이야기를 나누고 있는 장면을 떠올려봤단다. 그런데 문득, 조금 시무룩해졌어. 푸가 아니라 자기가 히파럼프와 이야기를 나누는 장면이라면 더 멋졌을 텐데 하는 생각이 들었거든. 물론 피글렛은 푸를 좋아하지만 말이야. 사실 푸보다는 피글렛이 머리가 더 좋은 편이었거든. 대화 상대가 푸가 아닌 피글렛이었다면 더 괜찮지 않았을까 하고 생각했어. 또 대화가 끝나고 그날 저녁, 하루를 곱씹어보면서 만족스러워하겠지. 히파럼프를 만난 게 아닌 것처럼 히파럼프의 말을 용감하게 맞받아치던 자신의 모습을 떠올리면서 말이지. 이제는 별로 어렵지 않게 느껴졌어. 히파럼프가 뭐라고 말할지 알 수 있었거든.

히파럼프: (우쭐대며) "호—호!"

피글렛: (태평하게) "트랄랄라, 트랄랄라."

히파럼프: (놀랐지만 잘못 들었나 생각하며) "호—호!"

피글렛: (아까보다 더 태평하게) "티들럼 텀, 티들럼 텀."

히파럼프: ("호—호" 하려다가 어색하게 기침하며) "에헴! 이게 다 뭐람?"

피글렛: (깜짝 놀라며) "안녕! 이건 내가 만든 함정이야. 히파럼프가 떨어지길 기다리는 중이야."

히파럼프: (굉장히 실망하며) "오! (오랫동안 말이 없다가) 정말이야?"

피글렛: "응."

히파럼프: "오! (불안해하며) 저, 내가 피글렛을 잡으려고 만든 함정인 줄 알았어."

피글렛: (놀라며) "오, 아니야!"

히파럼프: "오! (미안해하며) 그, 그럼 내가 잘못 알았나 봐."

피글렛: "안타깝지만 그런 것 같네. (예의 바르게) 안됐다." (다시 콧노래를 흥얼거린다.)

히파럼프: "음, 그렇담… 음, 아무래도 난 가보는 게 좋겠지?"

피글렛: (태평하게 올려다보며) "가려고? 그럼 어디서든 크리스토
　　　퍼 로빈을 만난다면 내가 찾는다고 전해줄래?"

히파럼프: (기꺼이 반기며) "그렇게! 얼마든지!" (서둘러 떠난다.)

푸: (원래는 거기에 없을 예정이었지만 푸가 없으면 안 된다는 사실을
　　우리는 다 아니까) "오! 피글렛. 너 정말 용감하고 똑똑하다!"

피글렛: (겸손하게) "아니야, 뭘." (그때 크리스토퍼 로빈이 오고 푸가
　　　어떻게 된 일인지 다 설명해준다.)

　피글렛이 행복한 상상에 빠져 있고 푸가 꿀단지가 열네 개인지 열
다섯 개인지 또 궁금해하는 동안, 꼬마를 위한 수색대는 여전히 숲
여기저기를 돌아다니고 있었어. 꼬마의 진짜 이름은 꼬꼬마 딱정벌
레야. 줄여서 꼬마라고 하지. 하지만 그것도 누군가가 부를 일이 있
다면 그렇다는 말이지. 가끔 그 애 앞에서 "정말 작은 꼬마잖아!"라
고 외치는 경우 말고는 꼬마라고 부르는 일도 거의 없었어. 꼬마는
크리스토퍼 로빈의 곁에 잠시 머물다가 운동 삼아 가시금작화 덤불
주위를 맴돌기 시작했어. 그런데 되돌아올 줄 알았던 반대 방향에서
꼬마의 모습이 나타나지 않았어. 꼬마가 어디로 갔는지 아무도 알지
못했어.
　"아무래도 곧장 집으로 간 것 같아."

크리스토퍼 로빈이 래빗에게 말했어.

"꼬마가 '이만 갈게. 좋은 시간 보내게 해줘서 고마워' 같은 인사를 남겼어?"

"그냥 '잘 지냈지?' 같은 인사만 했어."

크리스토퍼 로빈이 대답했어.

"하!"

래빗이 외쳤어. 그러더니 잠시 골똘히 생각해보더니 말을 이어갔어.

"꼬마가 자기는 아주 즐거웠고 갑자기 가게 되어서 미안하다는 내용의 편지를 남겼어?"

크리스토퍼 로빈이 그건 아닌 것 같다고 했어.

"하!"

래빗은 다시 외치더니 아주 진지한 표정을 지었어.

"심각한 상황이야. 꼬마가 길을 잃었어. 어서 수색대가 출발해야 겠어."

크리스토퍼 로빈은 딴생각을 하다가 래빗에게 물었어.

"푸는 어디 있지?"

하지만 래빗은 이미 떠난 뒤였어. 크리스토퍼 로빈은 자기 집으로 가서 그림을 그리기 시작했어. 아침 7시쯤에 긴 산책을 떠나는 푸의 모습을 그렸지. 그런 다음에는 집 앞의 나무 꼭대기로 올라갔다가 다시 내려왔어. 그러다 지금쯤 푸는 무얼 하고 있으려나 궁금해진 크리스토퍼 로빈은 숲으로 갔어.

얼마 가지 않아 크리스토퍼 로빈의 앞에 자갈 구덩이가 나타났어. 크리스토퍼 로빈은 구덩이 안을 들여다봤어. 그런데 그 안에 푸와 피글렛이 있지 뭐야. 둘 다 뒤돌아 앉은 채 행복한 상상에 빠져 있는 모습이었어.

"호—호!"

크리스토퍼 로빈이 불쑥 큰 소리로 외쳤어.

화들짝 놀란 피글렛은 15센티미터 높이까지 튀어 올랐어. 그 와

중에 푸는 계속 상상에 빠져 있었고.

"히파럼프가 왔어!"

피글렛이 초조해하며 말했어.

"지금이야!"

피글렛은 살짝 노래를 흥얼거려봤어. 그렇게 막히는 단어가 없는지 확인한 다음, 아주 유쾌하고 가벼운 느낌으로 노래를 부르기 시작했지.

"트랄랄라, 트랄랄라."

마치 방금 막 생각났다는 듯 불렀어. 주위를 둘러보지는 않았지. 그랬다가는 아주 무서운 히파럼프가 자기를 내려다보고 있는 모습과 마주하게 될 테고, 그러면 부르려던 노래를 까먹고 말 테니까 말이야.

"럼텀텀 티들럼."

크리스토퍼 로빈은 푸의 목소리를 흉내 내서 불렀어. 전에 푸가 만든 노래를 들은 적이 있었거든.

트랄랄라, 트랄랄라,

트랄랄라, 트랄랄라,

럼텀텀 티들럼

크리스토퍼 로빈은 이 노래를 부를 때면 꼭 푸의 목소리를 따라 불렀어. 그게 이 노래랑 잘 어울리는 것 같았거든.

'히파럼프가 틀리게 말했어.'

초조해진 피글렛이 생각했어.

"여기서 다시 '호—호!'라고 해야 하는데. 아무래도 내가 대신해 주는 게 좋겠어."

피글렛은 최대한 사납게 '호—호!'라고 소리쳤어.

"피글렛, 어쩌다 거기 들어갔어?"

크리스토퍼 로빈이 원래 자기 목소리로 말했어.

'최악이야. 히파럼프가 푸의 목소리로 말하다가 이번에는 크리스토퍼 로빈의 목소리로 말하고 있어. 날 당황스럽게 할 작정이구나.'

피글렛은 혼자 이렇게 생각했어. 이제는 완전히 당황해버린 피글렛은 새된 목소리로 속사포처럼 대답을 쏟아냈어.

"이건 푸를 위한 함정이야. 푸가 떨어지길 기다리고 있지. 이게 다 뭐람. 그런 다음에는 다시 '호―호'라고 해."

"뭐라고?"

크리스토퍼 로빈이 물었어.

"호―호를 위한 함정이라고. 내가 방금 만들었어. 호―호가 오길, 오길 기다리고 있어."

피글렛은 목이 다 쉬었어.

얼마나 오랫동안이나 피글렛이 떠들어댔는지 모르겠어. 그러다 갑자기 푸가 정신을 차렸어. 꿀단지가 열여섯 개라고 결정을 내리고서야 그 자리에서 일어난 거지. 그런데 등 한가운데 애매한 자리에서 무언가가 푸를 간지럽히고 있었어. 간지럼을 덜어내려고 고개를 돌리는 순간, 크리스토퍼 로빈의 모습이 푸의 눈에 들어왔어.

"안녕!"

푸가 신나서 소리쳤어.

"안녕, 푸."

피글렛이 고개를 들었어. 그리고 다시 멀리까지 확인했어. 그제야 자기가 얼마나 바보 같았는지 알고는 민망해졌어. 그냥 바다로 도망가서 선원이라도 되는 게 낫겠다고 생각하던 참이었는데, 순간 무언가가 눈에 띄었어.

"푸! 네 등에서 뭔가가 기어 올라가고 있어."

피글렛이 소리쳤어.

"내 생각에도 그래."

푸가 대답했어.

"그거 꼬마야!"

피글렛이 소리쳤어.

"아, 꼬마가 맞아?"

푸가 물었어.

"크리스토퍼 로빈, 꼬마를 찾았어!"

피글렛이 다시 소리쳤어.

"잘했어, 피글렛."

크리스토퍼 로빈이 말했어.

칭찬을 들은 피글렛은 다시 기분이 좋아졌어. 선원이 되겠다는 생각은 그만두기로 했지, 뭐. 크리스토퍼 로빈은 푸와 피글렛이 구덩이에서 빠져나올 수 있도록 도와줬어. 그렇게 셋은 무사히 구덩이를 나와 함께 손을 잡고 다시 길을 떠났지.

이틀 뒤, 숲에 간 래빗은 우연히 이요르를 만났어.

"안녕, 이요르. 너 지금 뭘 찾는 중이야?"

"꼬마 찾는 중이지. 넌 어째 생각이 없니?"

"아, 말 안 했나? 꼬마는 이틀 전에 찾았어."

"하—하. 웃고 넘기면 돼. 사과할 것 없어. 종종 있는 일이니까."

이요르가 씁쓸해하며 말했단다.

나무 위에 고립된
티거와 루 구출 작전

그날은 푸가 생각에 빠져 있었어. 이요르를 보러 갈까 생각하던 중이었지. 어제 이후로 이요르를 못 봤거든. 푸는 히스 꽃밭을 가로질러 걸으며 혼자 노래를 흥얼거렸어. 그러다 갑자기 그저께 이후로 아울을 보지 못했다는 게 생각났어. 그래서 가는 길에 100에이커 숲에 잠깐 들러서 아울이 집에 있는지 확인하기로 했지.

그렇게 푸는 계속 노래를 부르면서 길을 걸었어. 그러다 징검다리가 놓인 시내 앞에 도착해서 세 번째 돌 위에 딱 올라선 순간, 캥거와 루와 티거가 어떻게 지내는지 궁금해지기 시작했어. 셋은 숲 저편에서 함께 살고 있었어. 푸는 이렇게 생각했지.

'오랫동안 루를 보지 못했네. 오늘 못 보면 더 오랫동안 못 보는 셈이고.'

푸는 시내 한가운데인 징검다리 세 번째 돌 위에 앉아서 자기가 만든 또 다른 노래 한 소절을 부르기 시작했어. 이제 어떻게 해야 할지 고민하면서 말이지.

이때 푸가 부른 노래가 이거야.

행복한 아침 시간을 보낼 거야,

루를 만나니까.

행복한 아침 시간을 보낼 거야,

나는 푸니까.

그다지 문제없을 것 같거든,

살이 더 찌지 않는다면야.

(살이 더 찌지 않더라고.)

내가 뭘 하든 말이야.

햇볕이 기분 좋게 따뜻한 아침이었어. 징검다리 세 번째 돌도 오래 햇볕을 받아 아주 따뜻했지. 푸는 혼자 시냇물 한복판에 앉아 아침 시간을 마저 즐겨야겠다고 마음먹은 참이었어. 그런데 문득 래빗이 생각났어.

"나는 래빗이랑 이야기하는 게 좋아. 래빗은 쓸모 있는 이야기를 하거든. 아울처럼 길고 어려운 단어는 안 써. 짧고 쉬운 단어를 쓰지. '점심 먹을래?'라든지 '맘껏 먹어, 푸'라고 말해. 아무래도 나 래빗을 보러 가야겠다."

이때 푸의 머릿속에 또 다른 노래 한 소절이 떠올랐어.

오, 난 래빗의 말투를 좋아해.

그래, 그렇지.

최고로 기분 좋은 말투야.

우리 둘한테는 그래.

맘껏 먹으라는 래빗의 말,

혹시 입버릇이 되려나 싶지만

그래도 상냥한 입버릇 같아.

푸한테는 그래.

노래를 부른 푸는 바로 자리에서 일어나서 다시 징검다리를 건너 시냇물 밖으로 나왔어. 그리고 래빗의 집으로 출발했지.

그런데 얼마 지나지 않아 또 혼자 말했어.

"음, 혹시 래빗이 없으면 어떡하지?"

"아니면 또 래빗의 집에서 나오다가 몸이 끼면 어떡하지? 출입구가 별로 크지 않아서 낀 적 있었잖아."

"내가 그때보다 살이 더 찌지 않았단 건 분명해. 그런데 현관문 구멍이 더 좁아졌을 수도 있잖아."

"그럼 이게 더 나으려나…."

이렇게 혼자 중얼거리는 내내 푸는 계속해서 서쪽으로 걷고 있었어. 아무 생각 없이 말이지…. 그러다 보니 어느새 자기 집 문 앞까지도로 와버렸지 뭐야.

그리고 이제 11시였어.

뭔가 좀 먹을 시간이 되었단 뜻이지….

30분 뒤에 푸는 원래 늘 그러려고 했던 대로, 피글렛의 집으로 쿵쿵 걸어갔어. 그렇게 걷다가 앞발 등으로 입을 닦았어. 그리고 복슬복슬한 털 사이로 솜털 같은 노래가 흘러나왔어. 바로 이 노래였지.

행복한 아침 시간을 보낼 거야,

피글렛을 보니까.

행복한 아침 시간을 못 보낼 거야,

피글렛을 못 보면.

그다지 문제없을 것 같아,

아울이랑 이요르를 못 본대도.

(다른 친구들도 그렇고.)

아울이랑 이요르한테 안 가려고.

(다른 친구들도 그렇고.)

크리스토퍼 로빈한테도 그렇고.

이렇게 써놓고 보니 별로 좋은 노래처럼 보이지 않네. 그래도 햇살 좋은 오전 11시 반에 옅은 황갈색 솜털 사이로 흘러나오는 이 노래가 푸에게는 그 어떤 노래보다 최고로 멋지게 들렸단다. 그래서 계속 노래를 불렀지.

피글렛은 자기 집 앞마당에 작은 구멍을 파
느라 바빴어.

"안녕, 피글렛."

푸가 인사했어.

"안녕, 푸. 너일 줄 알았어."

피글렛은 깜짝 놀라서 폴짝 뛰었다가 인사했지.

"나도 나일 줄 알았지. 뭘 하고 있어?"

푸가 물었어.

"나 또토리 심는 중이야. 참나무만큼 키우려고. 그러면 집 바로 앞에서 또토리를 잔뜩 얻을 수 있잖아. 또토리 구하러 멀리까지 돌아다닐 필요도 없고. 무슨 말인지 알겠어, 푸?"

"그렇게 안 되면 어떡해?"

"그렇게 될 거야. 크리스토퍼 로빈이 될 거라고 했어. 그 말을 듣고 지금 심는 중이거든."

"음, 그럼 우리 집 앞에 벌집을 심으면 벌통으로 자라겠네."

푸가 말했어.

그건 피글렛도 확실히 알 수 없었어.

"아, 벌집 한 조각만 심어야겠다. 벌집을 낭비할 수도 있잖아. 벌집 한 조각만 심으면 벌통 하나만 얻을 수 있겠지? 그런데 그게 잘못된 벌통이 된다면 벌들이 날아와서 꿀을 만들지 않을 수도 있잖아. 그건 곤란한데."

피글렛도 같은 의견이었어.

"또 있잖아, 푸. 심는 방법을 잘 알아야지, 안 그러면 꽤 까다로워."

피글렛은 자기가 판 구멍에 도토리 한 알을 넣고 흙으로 덮었어.
그러고는 그 위로 올라가 폴짝폴짝 뛰었지.

"나도 알지. 크리스토퍼 로빈이 할료나 씨앗을 줘서 심어봤거든.
앞으로 우리 집 앞이 할료나로 가득해질 거야."

"나는 그 꽃의 이름이 한련화인 줄 알았어."

계속 폴짝폴짝 뛰고 있던 피글렛이 조심스럽게 말했어.

"아냐. 이건 할료나야."

푸가 대답했어.

피글렛은 뜀뛰기를 다 마치고는 가슴팍에 앞발을 문질러 닦았어.
그러고는 푸에게 물었지.

"이제 뭘 하지?"

"캥거와 루와 티거를 보러 가자."

"그, 그래. 가… 가자."

사실 피글렛이 이렇게 머뭇대며 대답한 이유는 아직 티거가 조금 신경 쓰였기 때문이야. 티거가 콩콩 뛰는 동물이다 보니까 말이지. 어떻게 지내냐고 인사하면서 친구의 귀에 모래가 잔뜩 들어가게 하는 식이었거든. 캥거가 "조심해야지, 티거야"라고 말하면서 친구를 일으켜 세워준 뒤였는데 그랬다니까. 아무튼 푸와 피글렛은 캥거의 집으로 향했어.

그날 아침, 캥거는 어쩐지 엄마다운 일을 해볼까 하는 마음이 들었어. 집 안의 물건들을 세어보는 시간을 갖고 싶어졌지. 루의 조끼, 남은 비누의 개수, 티거의 밥그릇에 남은 얼룩 두 군데 등등을 살펴봐야겠다고 생각했지. 그래서 오전 내내 루와 티거를 집 밖으로 내보내기로 했어. 루에게는 미나리 샌드위치, 티거에게는 맥아 시럽 샌드위치를 싸주며 숲에서 짓궂은 장난은 치지 말고 착하게 놀다 오라고 했어. 그렇게 루와 티거는 숲으로 떠났어.

둘이 숲으로 걸어가는 동안 티거는 루에게 티거들이 할 줄 아는 것들을 하나하나 이야기해줬어.

"티거들은 날 수 있어?"

루가 물었어.

"그럼. 아주 잘 날아, 티거들은. 대단한 날기 선수들이지."

티거가 대답했어.

"우와! 아울만큼 잘 날아?"

"그럼. 날고 싶지 않아서 그렇지."

"왜 날고 싶지 않아?"

"음, 그냥 안 좋아해. 암튼 그래."

루는 이해할 수 없었어. 날 수 있다니 정말 멋지다고 생각했거든. 하지만 티거는 그걸 티거가 아닌 상대에게 설명하기란 어려운 일이라고 말했어.

"음, 우리 엄마처럼 멀리까지 뛸 수도 있어?"

"그럼. 티거들이 원할 때는."

"난 뛰는 게 좋아. 우리 누가 더 멀리 뛰나 해보자."

"할 수 있지. 그런데 지금 우리 걸음을 멈추면 안 돼. 그러다간 늦을 거야."

"뭐가 늦어?"

"뭐든 우리가 제시간에 도착하길 원하는 것."

티거가 갈 길을 서둘렀어.

잠시 후 둘은 소나무 여섯 그루가 있는 곳에 도착했어.

"나 수영할 줄 알아. 강물에 빠졌는데 수영했어. 티거들도 수영할 줄 알아?"

루가 말했어.

"물론이지. 티거들은 뭐든 할 수 있어."

"나무 오르기도 푸보다 잘할 수 있어?"

루는 키가 제일 큰 소나무 아래에 서서 올려다보며 물었어.

"티거들이 제일 잘하는 게 나무 오르기야. 푸보다 훨씬 잘해."

티거가 대답했어.

"티거라면 이 소나무도 오를 수 있을까?"

"티거들은 항상 이런 나무들을 오르지. 종일 오르락내리락해."

"우와, 그게 정말이야?"

"내가 보여줄게. 넌 내 등에 올라타서 지켜봐."

티거가 자신만만하게 말했어. 나무 오르기는 이제껏 티거들이 할 줄 안다고 대답했던 모든 것 중에서 그나마 확실하게 할 줄 아는 거였거든.

"우와, 티거, 우와, 티거, 우와, 티거!"

루는 신이 나서 소리쳤어. 그러고는 티거의 등에 업혔지. 둘은 나무를 오르기 시작했어.

처음 3미터 높이까지 올라갔을 때는 티거가 기분 좋게 외쳤어.

"자, 계속 올라가자!"

거기서 3미터 더 높이 올라갔을 때는 이렇게 말했어.

"내가 늘 말했잖아. 티거들은 나무를 오를 줄 안다고."

또 3미터 더 높이 올라갔을 때는 이렇게 말했어.

"쉬운 일은 아니야, 알겠지?"

다시 또 3미터 더 높이 올라갔을 때는 이렇게 말했어.

"당연히 나무를 타고 내려가는 것도 해야지. 반대로."

그런 다음에는 이런 말들을 했어.

"꽤 까다로운 일이 될 거야…."

"여기서 떨어지지만 않는다면…."

"그렇다면야…."

"쉽겠지."

티거가 "쉽겠지"라고 말하는 순간, 딛고 있던 나뭇가지가 부러졌어. 떨어지려나 싶다가 가까스로 머리 위 나뭇가지를 붙잡았고… 그 나뭇가지 위로 천천히 턱을 올리고… 뒷발 하나를 올리고… 나머지 발도 올리고… 마침내는 그 위에 걸터앉았지. 가쁜 숨을 내쉬며 차라리 수영을 하러 갔으면 좋았을 텐데 하고 생각했단다.

루가 티거의 등에서 내려와 나란히 앉았어.

"우와, 티거, 우리 지금 꼭대기야?"

루가 신나서 물었어.

"아니."

티거가 대답했어.

"꼭대기까지 올라가는 거야?"

"아니."

"아."

루는 약간 실망했어. 그러다 다시 기대에 찬 목소리로 말했어.

"방금 우리 재미있었는데, 그치? 일부러 바닥으로 떨어질 것처럼 하다가 안 떨어졌던 거 말이야. 다시 한번 해주면 안 돼?"

"안 돼."

티거가 대답했어.

루는 잠시 잠자코 있다가 다시 말했어.

"티거, 우리 샌드위치 먹을까?"

"그래, 샌드위치 어딨더라?"

"나무 밑에 뒀어."

"아직은 안 먹는 게 낫겠다."

그렇게 둘은 샌드위치를 먹지 않았지.

얼마 뒤, 푸와 피글렛이 함께 걸어왔어. 푸는 피글렛에게 노래하는 듯한 목소리로 그다지 중요하지 않은 듯한 이야기를 하고 있었어. 자기가 살이 찌지 않는다면, 피글렛이 보기에도 살이 찌지 않은 것 같다면 뭘 할지 말하는 중이었지. 피글렛은 얼마나 있어야 또토리가 나오려나 궁금해하고 있었고.

"저거 봐, 푸!"

갑자기 피글렛이 소리쳤어.

"소나무 위에 뭔가 있어."

"정말 그러네! 동물이 있어."

푸도 소나무 위를 올려다보고 의아해하며 말했어.

피글렛은 푸가 겁먹었을까 싶어 푸의 팔을 붙잡았어.

"사나운 동물일까?"

피글렛이 반대쪽으로 눈을 돌리며 물었어.

"저건 재귤라('재규어'를 잘못 말함―옮긴이)야."

푸가 고개를 끄덕이며 말했지.

"재귤라들은 어떤데?"

피글렛은 저 동물이 재귤라가 아니길 바라며 물었어.

"재귤라들은 나뭇가지에 숨어 있다가 나무 아래로 지나가는 동물을 덮쳐. 크리스토퍼 로빈이 말해준 거야."

푸가 말했어.

"우리 저 나무 아래를 지나가지 않는 게 좋겠어, 푸. 재귤라가 떨어지다가 다칠지도 모르잖아."

"재귤라들은 자기 몸을 다치게 하지 않아. 나무에서 떨어지기 선

수거든."

그래도 피글렛의 생각에 나무에서 떨어지기 선수 아래를 지나가는 건 잘못된 판단 같았어. 재귤라가 자기들을 부르면, 깜빡 잊은 게 있다며 서둘러 돌아갈 작정이었지.

"도와줘! 도와줘!"

재귤라가 소리쳤어.

"재귤라들은 늘 저런다니까. '도와줘! 도와줘!' 하고 외치는 소리에 다가가 위를 올려다보면 우리 위로 떨어진다고."

푸가 정말 재미있다는 듯 말했어.

"난 아래를 내려다보고 있어."

피글렛이 큰 소리로 말했어. 재귤라가 혹시라도 잘못된 행동을 하지 않도록 말이지.

그런데 재큘라 옆에서 굉장히 신난 누군가가 뭐라고 소리치고 있었어.

"푸랑 피글렛! 푸랑 피글렛이야!"

그 순간 피글렛은 오늘이 생각보다 훨씬 괜찮은 하루가 되겠구나 싶었지. 햇살은 밝고 따뜻하고···.

"푸! 저건 티거와 루인 게 틀림없어!"

피글렛이 외쳤어.

"그러네. 난 재큘라랑 또 다른 재큘라가 같이 있는 줄 알았지 뭐야."

푸가 대답했어.

"안녕, 루! 거기서 뭐 해?"

피글렛이 소리쳤어.

"우리 못 내려가! 못 내려갈 거야! 재미있겠지? 푸, 정말 재밌다니까. 티거랑 나랑 이제 아울처럼 나무 위에서 살 거야. 여기서 평생 지낼 거야. 여기서 피글렛네 집이 보여. 피글렛, 나 너희 집이 보여. 우리 엄청 높지? 아울의 집도 이만큼 높아?"

루가 소리쳤어.

"거기까지 어떻게 올라간 거야, 루?"

피글렛이 물었어.

"티거의 등에 업혀서 왔어! 그런데 티거들은 아래로 내려가지는 못한대. 꼬리가 방해되어서 그렇대. 위로 올라가기만 할 수 있어. 그걸 처음 나무 오르기 시작할 때는 까먹고 있다가 이제야 기억났대. 암튼 그래서 우리 여기서 영원히 있어야 해. 더 높이 올라가지만 않는다면 말이지. 뭐라고, 티거? 아, 티거가 여기서 더 높이 올라가면 피글렛의 집이 잘 보이지 않을 거래. 우리 여기서 멈출 거야."

"피글렛, 우리가 어떻게 하면 될까?"

자초지종을 듣고 난 푸가 진지하게 말했어. 그러고는 티거의 샌드위치들을 먹기 시작했지.

"둘이 꼼짝 못 하게 된 거야?"

피글렛이 불안해하며 물었어.

푸는 고개를 끄덕였어.

"푸, 네가 올라갈 순 없어?"

"그럴 수 있지, 피글렛. 올라가서 루를 업고 내려올 수 있을 거야. 하지만 티거를 데리고 오지는 못해. 그러니 다른 방법을 생각해내야 해."

푸는 신중하게 대답하며 루의 샌드위치들도 먹기 시작했어.

푸가 마지막 샌드위치를 먹어치우기 전에 다른 방법을 떠올려냈는지는 모르겠어. 암튼 마지막에서 두 번째 샌드위치를 막 먹으려는데 고사리 덤불이 바스락거리는 소리가 났어. 크리스토퍼 로빈과 이요르가 함께 걸어오고 있었지.

"만약에 내일 우박이 엄청나게 온다고 해도 놀랄 건 없지. 눈보라든 뭐든 상관없어. 오늘 날씨가 좋은 게 무슨 의미가 있겠어. 굳이 의미심… 뭐더라? 암튼 그렇게 생각할 것 없어. 그냥 이런저런 날씨 중 하나일 뿐이지."

내일 날씨가 어떻든 지금은 내일이 아니니 별 상관없다고 생각하던 크리스토퍼 로빈은 "저기 푸가 있어!" 하고 갑자기 소리쳤어.

"안녕, 푸!"

"크리스토퍼 로빈이다! 크리스토퍼 로빈이라면 어떻게 해야 할지 알 거야."

피글렛이 소리쳤어. 푸와 피글렛은 크리스토퍼 로빈에게 서둘러 갔어.

"오, 크리스토퍼 로빈."

푸가 먼저 말을 꺼냈어.

"그리고 이요르."

이요르가 덧붙였지.

"티거와 루가 소나무에 올라가 있는데, 내려오지 못하고 있어. 그래서…."

"그래서 내가 크리스토퍼 로빈만 있었어도 하고 말하려던 참이었는데…."

푸가 말하는 도중에 피글렛이 끼어들었어.

"그리고 이요르…."

이요르가 다시 덧붙였지.

"그래, 너희 둘이 있다면야 방법을 생각해낼 수 있을 거야."

크리스토퍼 로빈은 티거와 루를 올려다보며 어떻게 하면 좋을지 고민했어.

"내 생각에는, 이요르가 나무 아래에 서 있고 푸가 이요르의 등에 올라서고 푸의 어깨에 내가 올라서면…."

피글렛이 열심히 설명하는데 이요르가 불쑥 말했어.

"그러다 갑자기 이요르의 등이 부러지면 우린 다 같이 웃겠지. 하하! 조용히 키득대며 즐거워할 거야. 하지만 어쨌든 도움이 될 방법은 아니겠지."

"음, 그러니까 내 생각에는…."

피글렛이 다시 차분히 설명을 이어가려는데, 푸가 깜짝 놀라며 물었어.

"등이 부러진다고, 이요르?"

"그렇게 되면 정말 흥미진진하겠지, 푸. 일이 벌어질 때까지는 모를 일이지만 말이야."

푸는 "아하!" 하고 외쳤고, 넷은 다시 고민하기 시작했어.

"나 방법이 생각났어!"

크리스토퍼 로빈이 불쑥 소리쳤어.

"잘 들어봐, 피글렛. 우리가 뭘 하려는지 알게 될 테니."

이요르가 말했어.

"내가 외투를 벗을게. 그걸 우리 넷이서 각각 외투 끝자락을 잡고서. 그럼 루와 티거가 외투 위로 뛰어내리는 거지. 외투가 부드럽고 푹신하니까 아무도 다치지 않을 거야."

크리스토퍼 로빈이 설명했어.

"티거를 내려오게 하기, 아무도 다치지 않기. 이 두 가지만 머릿속에 잘 넣어둬, 피글렛. 그럼 너도 무사할 거야."

이요르가 덧붙여 설명했어.

하지만 피글렛은 귀를 기울이지 않고 있었어. 크리스토퍼 로빈의 파란 멜빵을 다시 볼 수 있다는 생각에 잔뜩 들떠 있었거든. 그 멜빵은 이제껏 딱 한 번 봤어. 지금보다 훨씬 어릴 때여서 멜빵을 보면서 조금 유난히 신나 했었거든. 그때는 평소보다 30분쯤 일찍 잠자리에 들어야 했어. 그날 이후로도 피글렛은 멜빵이 정말 자기가 생각했던 만큼 쨍하게 파란색이었는지 늘 궁금했어. 그래서 크리스토퍼 로빈이 외투를 벗어 멜빵이 드러났을 때, 피글렛은 다시 이요르에게 꽤 친근감을 느꼈지. 이제 이요르의 옆에 서서 외투 끝자락을 붙잡고는 이요르를 보며 생글생글 미소를 지었어. 이요르는 피글렛에게 이렇게 속삭였지.

"이제 사고가 나지 않을 거라고 말한 적은 없어, 알겠지? 사고란 게 참 우습지. 사고가 나기 전까지는 절대 사고가 나지 않으니까."

루는 자기가 뭘 해야 하는지 이해하고는 엄청나게 흥분해서 이렇게 떠들어댔어.

"티거, 티거, 우리 뛰어내려야 해! 나 뛰어내리는 거 잘 봐, 티거! 꼭 하늘을 나는 것처럼 뛰어내릴 거야. 티거들도 그렇게 할 수 있어?"

한바탕 떠들고 난 루는 마침내 소리쳤어.

"나 내려간다, 크리스토퍼 로빈!"

그리고 뛰어내렸는데… 외투 한가운데에 정확히 떨어졌어. 얼마나 빠르게 떨어졌던지 뛰어내렸던 자리만큼이나 다시 높이 튀어 올랐지 뭐야. 계속해서 몇 번이고 튀어 오르는 루의 입에서 "와우!" 하는 외마디가 계속 튀어나왔지. 마침내 튀어 오르기가 멈추고 루는 이렇게 말했어.

"와우, 정말 멋졌어!"

친구들은 루를 바닥에 내려줬어.

"어서 뛰어내려, 티거! 이거 쉬워."

루가 티거를 향해 소리쳤어.

하지만 티거는 나뭇가지를 붙잡고 "너희처럼 잘 뛰는 동물들이야 괜찮겠지만, 티거처럼 수영하는 동물들은 사정이 아주 달라" 하고 혼잣말을 중얼거렸어. 그러고는 하늘을 보고 강물에 누워 둥둥 떠다니는 티거, 이 섬 저 섬으로 돌아다니는 티거를 상상하면서 그것이야말로 진정한 티거의 삶이라고 생각했지.

"내려와봐, 괜찮아."

크리스토퍼 로빈이 소리쳤어.

"잠깐만, 내 눈에 작은 나뭇조각이 들어갔나 봐."

티거가 초조하게 말했어. 그러고는 천천히 나뭇가지를 따라 움직였어.

"어서 와, 쉬워!"

루가 소리쳤어. 그때 갑자기 티거는 이거 꽤 쉽겠다는 생각이 들었어.

"와우!"

티거가 외마디 소리를 지르며 떨어졌어. 떨어지는 티거 옆으로 나무가 스쳐 지나가는 듯 보였지.

"조심해!"

크리스토퍼 로빈이 친구들에게 소리쳤어.

우지끈 쿵 하는 소리가 나고 친구들은 뒤죽박죽 한 무더기가 되어 쓰러졌어.

크리스토퍼 로빈과 푸와 피글렛이 먼저 일어나 티거를 일으켜줬는데, 맨 아래에 이요르가 깔려 있었지 뭐야.

"어우, 이요르! 안 다쳤어?"

크리스토퍼 로빈이 소리치며 다가가 걱정스레 이요르의 몸을 만지며 살폈어. 흙을 털어주고 몸을 일으킬 수 있도록 도왔지.

이요르는 오랫동안 아무 말이 없다가 마침내 입을 열었어.

"티거 내려왔어?"

티거는 무사히 내려왔지. 벌써 평소처럼 기운도 넘쳤어.

"응, 티거 내려왔어."

크리스토퍼 로빈이 대답했어.

"흠, 티거한테 참말로 고맙다고 좀 전해주렴."

이요르가 말했어.

이야기

5

크리스토퍼 로빈은
아침마다 뭘 하는 걸까?

그날은 래빗에게 바쁜 하루가 될 것 같았어. 래빗은 잠에서 깨자마자 마치 모든 게 자기 손에 달린 듯 중요한 임무를 맡은 기분이었어. 말하자면 뭔가를 편성한다든지, 자신이 서명한 공고문을 만든다든지, 다른 친구들은 무얼 생각하고 있는지 알아보는 일 따위를 해야 하는 날이었지. 바삐 푸를 찾아가 "좋아, 그럼 내가 피글렛한테 말할게"라고 말하고, 다시 피글렛에게 가서 "푸 생각에는… 그런데 아무래도 아울을 먼저 만나는 게 좋겠어"라고 말하기에 딱 좋은 아침이었어. 대장 역할을 하기에 알맞은 날, 다들 "알았어, 래빗"이라거나 "아냐, 래빗"이라고 대답하며 래빗이 말할 때까지 기다리는 날 말이지.

래빗은 집을 나왔어. 봄날의 아침 향기를 맡으며 이제부터 뭘 할지 궁리했어. 캥거의 집이 가장 가까웠고 그 집에는 루가 있었지. 루는 "알았어, 래빗"이라거나 "아냐, 래빗"이라는 대답을 이 숲의 누구보다도 잘하는 친구였지. 하지만 요즘 캥거의 집에 다른 동물 하나가 살고 있잖아. 바로 콩콩 뛰기를 좋아하는 별난 티거 말이야. 티거는 어디 갈 때면 길을 알려주기도 전에 늘 앞장서서 가버렸고, 마침내 목적지에 도착해서 "다 왔다!" 하고 으쓱해서 말할라치면 이미 눈앞에서 사라지기 일쑤였어.

"아니다. 캥거네 집은 안 되겠어."

래빗은 햇볕 아래에서 수염을 돌돌 말면서 곰곰이 생각하다가 혼자 중얼거렸어. 결국에는 캥거네 집은 가지 않기로 하고, 왼쪽 길로 방향을 틀어서 반대 방향으로 총총걸음을 치기 시작했어. 그쪽은 크리스토퍼 로빈의 집으로 가는 길이었지.

"어쨌든, 크리스토퍼 로빈은 날 의지해. 크리스토퍼 로빈은 푸와 피글렛과 이요르를 좋아하고 나 역시 그래. 하지만 그 친구들은 머리가 나빠. 그건 모른 척해줘. 그리고 아울은 내가 존경하지. 화요일이라는 글자를 적을 줄 아는 친구를 어떻게 존경하지 않을 수 있겠어. 혹시 철자가 틀리더라도 말이지. 철자가 전부는 아니잖아. 화요일 철자가 그다지 중요하지 않은 날들도 있으니까. 그리고 캥거는 루를 돌보느라 너무 바빠. 루는 너무 어리고, 티거는 콩콩 뛰느라 도움을 주지 못해. 그러니까 아무리 찾아봐도 나 말고는 정말 아무도 없어. 내가 가서 크리스토퍼 로빈이 원하는 게 있는지 알아볼 거야. 그리고 원하는 걸 해줘야지. 오늘은 그렇게 뭔가를 하는 날이니까."

래빗은 기분 좋게 총총 걸었어. 잠시 뒤 시내를 건넜고 래빗의 친구들과 친척들이 사는 곳에 도착했어. 그날 아침에는 평소보다 더 복작복작한 것 같았어. 고슴도치에게는 고개를 까딱해줬어. 바빠서 악수할 여유는 없겠지. 또 다른 친구들에게도 점잖게 "좋은 아침이에요"라고 인사했어. 몸집 작은 친구들에게는 "아, 너구나"라고 다정히 인사하며 어깨 위로 앞발을 흔들어줬어. 그리고 그곳을 떠났지. 래빗이 간 뒤에도 들뜬 분위기와 뭔지 모를 기분이 남아 있었어. 그래서 헨리 러쉬를 비롯한 딱정벌레 식구들 몇몇은 곧바로 100에

이커 숲으로 갔고, 그곳에서 나무에 오르기 시작했어. 무슨 일이라도 벌어지기 전에 꼭대기까지 올라가길 바라면서 말이야. 그걸 제대로 보고 싶었거든.

래빗은 바쁜 걸음으로 100에이커 숲의 가장자리로 갔어. 여전히 계속 자기가 중요한 임무를 맡고 있다는 기분을 느끼면서 말이지. 곧 크리스토퍼 로빈이 사는 나무에 도착했어. 래빗은 문을 두드렸고 크리스토퍼 로빈을 한두 번 불렀어. 그러다 뒤로 물러서서 앞발을 들어 햇빛을 가린 다음, 나무 꼭대기를 향해 소리쳤지. 주변을 다 둘러보고 "안녕!"이라거나 "나야!", "나 래빗이야!"라고 외쳐보았어. 하지만 아무 일도 일어나지 않았지. 래빗은 가만히 서서 주위 소리에 귀를 기울였어. 그러자 주위도 조용해져서 귀를 기울였어. 햇빛이 내리는 외딴 숲은 고요하고 평화로웠어. 그러다 저 하늘 아주 높은 곳에서 종달새 한 마리가 갑자기 노래를 부르기 시작했지.

"이런! 밖에 나가고 없잖아."

래빗이 말했어. 다시 초록색 문 앞으로 가서 정말 아무도 없는지 확인하고는 발길을 되돌렸어. 오늘 아침은 다 망쳐버렸다고 생각하면서 말이지. 그러다 바닥에 떨어져 있는 종이쪽지를 발견했어. 쪽지에 핀이 꽂혀 있는 걸 보니 문에 붙어 있다가 떨어진 듯했어.

"허! 또 안내문인가!"

래빗은 다시 기분이 굉장히 좋아졌어.

안내문에는 이렇게 쓰여 있었어.

바께 나감.

금방옴.

밥븜.

금방옴.

크. 로.

"허! 친구들에게 알려야겠어."

래빗은 중요한 임무를 맡았다는 듯 서둘러 떠났어.

그곳에서 제일 가까운 친구네 집은 아울네 집이었어. 래빗은 100에 이커 숲에 있는 아울네 집으로 향했지. 집 앞에 도착한 래빗은 일단 문을 두드리고 초인종을 울렸어. 그리고 다시 초인종을 울리고 문을 두드렸지. 마침내 아울이 머리를 내밀고 이렇게 말했지.

"저리 가렴, 나 지금 생각하는 중이니까…. 어, 너구나?"

아울은 늘 이런 식으로 시작하곤 하지.

"아울, 너랑 나는 머리를 쓸 줄 알잖아. 다른 친구들은 솜털을 날리기나 하지. 이 숲에서 뭔가 떠올려야 할 일이 생기면, 그러니까 생각이란 걸 해야 한다면, 너와 내가 도맡아야 한다는 거지."

래빗이 간단히 설명했어.

"그래, 그랬지."

아울이 대답했어.

"이걸 읽어줘."

아울은 래빗에게 크리스토퍼 로빈의 안내문을 건네받았어. 안내문을 들여다보는 아울은 초조해 보였지. 아울은 자기 이름을 '아우'

라고 쓸 수 있었어. '수요일'로 잘못 아는 일이 없도록 '화요일'이라
고 쓸 수도 있었지. 제법 편안하게 글을 읽을 수 있긴 해. 누군가가
어깨너머로 들여다보며 계속 "그래서 뭔데?"라고 떠들어대지 않는
다면 말이야….

"그래서 뭔데?"

래빗이 물었어.

"그래, 네 말이 무슨 뜻인지 알겠어. 확실히 알겠어."

아울은 지혜롭고 사려 깊은 듯 말했어.

"그래서 뭔데?"

"분명히, 정확히 알겠어."

아울은 이렇게 답하더니 잠시 생각에 잠겼어. 그리고 다시 덧붙였지.

"네가 오지 않았다면 내가 너한테 가야 했을 거야."

"왜?"

래빗이 물었어.

"바로 그 이유 때문이지."

아울은 도움이 될 만한 게 어서 나타나길 바라며 대답했어.

"나 어제 아침에 크리스토퍼 로빈을 보러 갔는데 그때도 없었어. 문에는 핀으로 꽂아둔 안내문이 있었고."

래빗의 말투는 진지했어.

"똑같은 안내문?"

"다른 안내문이었어. 그런데 뜻은 똑같았어. 참 이상하지."

"놀랍네. 그래서 네가 어떻게 했는데?"

아울은 안내문을 다시 들여다보며 물었어.

"아무것도 안 했어."

래빗의 대답에 아울은 신중하게 말했어.

"잘한 일이야."

"그래서 뭔데?"

래빗이 다시 물었어. 아울이 예상한 대로였어.

"분명히…."

순간 아울은 딱히 생각나는 게 없었어. 그러다 잠시 뒤, 불쑥 떠오르는 아이디어가 하나 있었지.

"래빗, 첫 번째 안내문 속의 단어들을 그대로 말해봐. 이거 아주 중요해. 모든 게 여기에 달렸어. 첫 번째 안내문에 등장한 단어들 그대로 말이야."

"저 안내문이랑 그냥 똑같았는데."

아울은 래빗을 쳐다봤어. 나무 위에서 래빗을 밀어버려도 될지 고민하면서 말이지. 하지만 그건 나중에 얼마든지 할 수 있을 테니 일단은 이야기하던 걸 알아내려고 다시 애써봤어.

"단어들 그대로 말해줘. 부탁할게."

아울은 래빗에게 아직 들은 게 없다는 듯 말했어.

"뭐 '바께 나감. 금밤옴'이라고 쓰여 있었어. 저 안내문이랑 똑같이 '밥봄. 금밤옴'이라고만 쓰여 있었다니깐."

아울은 안도의 한숨을 크게 쉬었어. 그리고 덧붙였지.

"흠! 이제야 우리의 이야기가 길을 찾았군."

"그래, 그럼 크리스토퍼 로빈을 찾아내는 길도 알았어? 그게 중요하잖아."

래빗이 말했어.

아울은 안내문을 다시 봤어. 아울의 교육 수준이라면 이 안내문을 읽어내는 정도야 어렵지 않았어. "바께 나감. 금방옴. 밥븜. 금방옴"이라면 안내문에서 흔히 볼 법한 단어들이었으니까.

"어떻게 된 일인지 명확해졌어, 내 친구 래빗. 크리스토퍼 로빈은 밖에 나갔어. 금밤옴이랑 같이. 크리스토퍼 로빈이랑 금밤옴은 둘 다 바쁘대. 혹시 최근에 이 숲 근처에서 금밤옴을 본 적 있어?"

"모르겠어. 그래서 너한테 물어보러 왔잖아. 금밤옴이 어떻게 생겼는데?"

"어, 얼룩무늬가 있고 풀 향이 나는… 실제로는 가까운 게… 물론 무엇에 따라 다르냐면…. 음, 사실 나 금밤옴이 어떻게 생겼는지 몰라."

아울이 결국 솔직하게 털어놨어.

"고마워."

래빗이 말했어. 그러고는 서둘러 푸를 찾아갔지. 그렇게 멀리까지 가지 않았을 때 어디선가 들려오는 소리가 있었어. 래빗은 걸음을 멈추고 귀를 기울였지. 이런 소리였어.

<소리 > (지은이: 푸)

오, 나비들이 날아.

이제 겨울날은 떠나가.

앵초 꽃들이

자기를 보여주려고 해.

멧비둘기들이 구구 울고,

나무들이 쑥쑥 자라.

제비꽃들은

초록 속에서 파랗게 피니까.

오, 꿀벌들이 조그만 날개에

끈적한 걸 묻히고 윙윙 노래해.

다가오는 여름은

재미있을 거라고.

소들은 구구 우는 것 같고

멧비둘기들은 음매 울어서

햇살 아래서 푸가

푸 하는 거야.

봄이 정말로 와서

노래하는 종달새가 보이고,

방울꽃 울리는 소리가

들려와.

뻐꾸기는 구구 울지 않고

뻐꾹 울고 우우 울어.

푸는 그냥 푸 해.

새처럼.

"안녕, 푸."

래빗이 인사했어.

"안녕, 래빗."

푸는 꿈결인 듯 인사했어.

"네가 만든 노래야?"

"음, 내가 만들었다고 할 수 있지. 머리 쓸 필요는 없고. 너도 알다시피, 래빗, 가끔 노래가 나를 찾아오거든."

푸는 겸손하게 말을 이어갔어.

"아!"

래빗은 뭐든 자기를 찾아오도록 기다리기보다는 늘 자기가 가서 데리고 오는 편이었지.

"그나저나 나 물어볼 게 있어. 너 혹시 이 숲에서 얼룩무늬가 있고 풀 향이 나는 금밤옴을 본 적 있어?"

"아니."

푸가 대답을 이어갔어.

"본 적 없…. 아, 나 방금 티거를 봤어."

"별 도움이 안 되는 말이네."

"응, 그럴 것 같았어."

푸가 말했어.

"피글렛은 봤어?"

"응, 그것도 별 도움이 안 되겠지?"

푸는 순순히 인정한다는 듯 말했어.

"음, 피글렛이 뭘 봤느냐에 따라 달라지긴 해."

"피글렛은 날 봤지."

래빗은 바닥에 앉아 있던 푸의 옆에 나란히 앉았어. 그랬더니 중요한 임무를 맡았다는 느낌이 훨씬 덜해졌지. 래빗은 도로 자리에서 일어났어.

"내가 왜 이렇게 묻느냐면, 크리스토퍼 로빈이 요즘 아침마다 뭘 하는지 알아내려고 그래."

"어떤 일을 하는지?"

"음, 뭐든 간에 크리스토퍼 로빈이 아침에 무슨 일을 했는지 지켜본 대로 말해줘. 최근 며칠 동안에."

"그래. 어제 둘이서 같이 아침밥을 먹었어. 소나무숲 옆에서. 내가 작은 바구니를 하나 만들어놨거든. 작지만 그래도 적당히 큰 바구니지. 보통 큼직하다고 할 법한 바구니에 가득…."

"그래, 그래. 근데 내가 궁금한 건 그다음이야. 11시에서 12시 사이에 크리스토퍼 로빈이 뭘 하는지 봤어?"

"음, 11시… 11시…. 음, 너도 알다시피 난 11시면 보통 집으로 돌아가. 그때 내가 해야 하는 일 한두 가지가 있어서 말이지."

"그럼 11시 15분에는?"

"음…."

"11시 30분."

"응, 11시 30분, 어쩌면 그보다 지난 시간일 수도 있고…. 암튼 그때면 크리스토퍼 로빈을 봤을 거야."

이렇게 대답하고 난 푸는 골똘히 생각해봤어. 그러고 보니 최근에는 크리스토퍼 로빈을 그렇게 자주 보지 못

했다는 사실이 기억났지. 아침에는 못 봤어. 낮에는 봤어. 저녁에도 봤어. 아침밥 먹기 전에는 봤지. 아침밥 먹은 후에도 봤고. 근데 아침밥을 먹고 나서 "또 보자, 푸" 하고 어디

론가 가는 것 같았어.

"바로 그거야. 어디로 갔어?"

래빗이 물었어.

"뭔가를 찾고 있었던 것 같아."

"뭘 찾아?"

"그게 지금 내가 말하려던 건데, 아마 크리스토퍼 로빈이 찾고 있던 건… 그러니까…."

"얼룩무늬가 있고 풀 향이 나는 금밤옴?"

"응, 그런 애. 아닐 수도 있고."

푸의 대답을 들은 래빗은 심각한 표정으로 푸를 쳐다봤어.

"지금 넌 도움이 안 되는 것 같아."

"아냐, 노력하고 있는걸."

푸는 겸손하게 말했어.

래빗은 노력해줘서 고맙다고 했어. 그리고 이제 이요르를 만나러 가야겠다고 말했지. 푸는 래빗이 괜찮다면 같이 걸어갈까 했어. 그런데 그때 푸의 머릿속에 노래 한 구절이 또 떠올랐지. 그래서 피글렛을 기다리겠다고 말하며 래빗에게 잘 가라고 인사했어. 그렇게 래빗은 떠났어.

그런데 피글렛을 먼저 본 건 래빗이었지. 그날 아침, 피글렛은 일

찍 일어났어. 제비꽃 한 다발을 꺾기로 마음먹었거든. 그렇게 피글
렛은 제비꽃을 꺾어다가 집 안 한가운데 항아리에 담았어. 그런데
갑자기 그런 생각이 들었어. 이요르에게 제비꽃 한 다발을 꺾어다
준 친구는 이제껏 없었을 것 같다고 말이야. 아무도 제비꽃 한 다발
을 꺾어다 주지 않은 동물이 되다니, 생각할수록 너무 슬퍼졌어. 그
래서 피글렛은 서둘러 다시 밖으로 나갔지. 혹시라도 잊어버릴까 싶
어 "이요르, 제비꽃"이라거나 "제비꽃, 이요르"라고 혼자 중얼거리
면서 말이야. 그럴 수도 있는 날이었거든. 피글렛은 제비꽃을 한 아
름 꺾어다가 총총 걷기 시작했어. 꽃향기를 맡으며 아주 행복했지.
그렇게 걷다 보니 이요르가 있는 곳에 도착했어.

"아, 이요르."

피글렛은 조금 불안해하며 말을 걸었어. 왜냐하면 이요르가 바빠

보였거든.

이요르는 발 한쪽을 들어 피글렛을 향해 휘휘 저었어.

"내일, 아니면 모레 와."

피글렛은 뭔지 들여다보고 싶어서 조금 더 가까이 다가갔어. 이요르가 바닥에 나뭇가지 세 개를 두고 쳐다보고 있었거든. 그중 두 개는 각각의 한쪽 끝이 맞닿아 있었고 다른 한쪽은 떨어져 있었어. 나머지 세 번째 나뭇가지는 두 나뭇가지를 가로질러 놓여 있었지. 피글렛은 아마도 일종의 함정이 아닐까 생각했어.

"아, 이요르, 그냥…."

피글렛은 다시 말을 걸어봤어.

"너 꼬마 피글렛이니?"

이요르가 여전히 나뭇가지들을 골똘히 쳐다보며 말했어.

"응, 이요르, 나…."

"너 이게 뭔지 알아?"

"아니."

"이건 에이(A)야."

"오."

"오(O) 아니고 에이(A). 너 잘 안 들리는 거야, 아님 네가 크리스토퍼 로빈보다 더 많이 배웠다고 생각하는 거야?"

이요르는 심각하게 말했어.

"응. 아, 아니."

피글렛은 재빨리 말을 바꿨어. 그러고는 이요르에게 더 바짝 다가 갔지.

"크리스토퍼 로빈은 이게 에이(A)라고 했어. 그럼 이건 에이(A)야. 누가 날 밟고 지나가기 전까지는."

이요르가 근엄하게 말했어.

피글렛은 얼른 뒤쪽으로 폴짝 뛰어 물러섰어. 그러고는 제비꽃 향기를 맡았지.

"너 에이(A)가 무슨 의미인지 아니, 꼬마 피글렛?"

"아니, 이요르. 난 몰라."

"에이(A)는 배움을 의미하고 교육을 의미해. 너와 푸는 얻은 적 없는 온갖 것을 뜻하지. 그게 바로 에이(A)의 의미란다."

"오."

피글렛은 또 이렇게 답했다가 잽싸게 설명을 덧붙였어.

"'그렇구나'라는 뜻이었어."

"진짜야. 사람들은 이 숲을 오가면서 말해. '뭐, 이요르네. 별로 안 중요하지.' 이리 왔다가 저리 갔다가 하면서 '하하!' 거리고. 하지만 그들이 에이(A)에 대해 알기나 할까? 몰라. 그들한테는 이게 그냥 나뭇가지 세 개로나 보이겠지. 하지만 교육받은 자들, 이거 중요한 부분이다, 꼬마 피글렛. 푸나 피글렛 같은 애들 말고, 교육받은 자들에게 이것은 위대하고 영광스러운 에이(A)란다. 아무나 와서 더럽힐 수 있는 게 아니야."

초조해진 피글렛은 뒤로 물러서며 누가 도와주지 않으려나 하고 주위를 둘러봤어.

"래빗이 왔네. 안녕, 래빗."

피글렛이 반기며 인사했어.

래빗은 자기는 중요한 임무를 맡고 있다는 듯한 표정으로 나타났어. 피글렛을 향해 고개를 까딱한 다음에는 "아, 이요르"하고 마치 2분쯤 후에는 "갈게"라고 인사할 것 같은 목소리로 인사했어.

"그냥 너한테 묻고 싶은 게 하나 있어, 이요르. 요즘 크리스토퍼

로빈에게 아침마다 무슨 일이 있는지 아니?"

"내가 지금 보고 있는 게 뭔지 알아?"

이요르가 바닥의 나뭇가지들을 계속 쳐다보면서 래빗에게 물었
어.

"나뭇가지 세 개."

망설임도 없이 래빗이 대답했지.

"내 말이 맞지?"

이요르가 피글렛을 바라보며 말했어. 그러고는 다시 래빗을 보며
근엄하게 말했지.

"이제 네 질문에 대답하도록 하겠어."

"고맙다."

래빗이 말했어.

"크리스토퍼 로빈이 아침마다 뭘 하냐고? 배워. 교육받고 있지. 탐공해. 아, 이거 크리스토퍼 로빈이 썼던 단어일 텐데 내가 다른 걸 말했을 수도 있어. 암튼 크리스토퍼 로빈은 지식을 탐공해. 나도 대단치는 않지만, 크리스토퍼 로빈이 하는 그거, 내가 제대로 쓴 단어라면 암튼 그거를 하고 있어. 예를 들자면…."

"에이(A)구나. 근데 별로 멋지진 않네. 어쨌든 나는 돌아가서 애들한테 이야기해야겠다."

이요르는 나뭇가지들을 쳐다보고 다시 피글렛을 쳐다보며 물었어.

"래빗이 지금 뭐라고 말했어?"

"에이(A)."

피글렛이 대답했어.

"네가 래빗한테 말해줬어?"

"아니, 이요르. 말한 적 없어. 래빗은 그냥 알고 있을 것 같더라."

"래빗이 알고 있다고? 래빗이 에이(A)에 관해 알았을 거라는 말이야?"

"응, 이요르. 똑똑하잖아, 래빗은."

"똑똑하다고?"

이요르는 가소롭다는 듯이 외치며 세 개의 나뭇가지들을 발로 힘껏 밟아댔어.

"교육!"

그리고 씁쓸하게 외치며 여섯 개가 된 나뭇가지들 위에서 쿵쿵 뛰었어.

"배움이 대체 뭔데?"

의문을 표시하며 이제 열두 개가 된 나뭇가지 조각들을 공중으로 찼어.

"래빗이 알고 있다니! 하!"

"내 생각에는…."

피글렛이 초조해하며 입을 뗐어.

"됐어."

이요르가 말을 막았지.

"내 생각에는 제비꽃이 훨씬 멋진 것 같아."

피글렛이 마침내 말했어. 그러고는 이요르 앞에 자기가 딴 제비꽃 다발을 놓고 후다닥 도망치듯 가버렸어.

다음 날 아침, 크리스토퍼 로빈 집의 문에 붙은 안내문에는 이렇게 쓰여 있었어.

밖에 나감.

금방 옴.

크. 로.

    이렇게 해서 숲의 모든 동물은, 아, 얼룩무늬가 있고 풀 향이 나는 금밤옴은 빼야지. 암튼 크리스토퍼 로빈이 아침마다 뭘 하는지 다들 알게 되었단다.

이야기

6

푸가 만든 게임으로
다 함께 놀기

숲에서 흘러나가는 시내는 숲의 바깥쪽에 다다를 때면 많이 불어나 있었어. 거의 강처럼 보였지. 그렇게 불어난 물은 작은 시내일 때처럼 힘차게 흐르며 물결치거나 물방울이 막 튀지는 않았어. 그 대신 물살이 전보다 천천히 움직였어. 이제는 어디로 갈지 알기 때문에 이렇게 혼잣말을 하지.

"서두를 것 없어. 우린 언젠가는 그곳에 도착할 테니까."

하지만 숲속의 높은 지대에서 흐르는 꼬마 시내들은 하나같이 이리저리 열심히 바쁘게 돌아다니고 있었단다. 너무 늦기 전에 알아내야 할 게 참 많았거든.

바깥 지역에서 숲까지 이어지는 길에는 웬만한 도로만큼 넓은 길이 하나 나 있었어. 그런데 이 길을 따라 걸어서 숲까지 오다 보면 강을 건너야 했지. 강에는 나무로 만든 다리가 있었어. 웬만한 도로만큼 넓은 이 다리에는 양쪽으로 나무 난간이 세워져 있었지. 크리스토퍼 로빈은 원한다면 맨 위의 난간에 턱을 올릴 순 있었어. 하지만 맨 아래의 난간에 발을 딛고 서서 고개를 내밀고 저 아래 유유히 흘러가는 강물을 관찰하는 게 훨씬 재미있었어. 푸는 원하면 맨 아래의 난간에 턱을 올릴 수 있었어. 하지만 바닥에 엎드려서 난간 아래로 고개를 내밀고 저 아래 유유히 흘러가는 강물을 관찰하는 게 훨씬 재미있었지. 이건 피글렛과 루가 제대로 강물을 관찰할 수 있는 유일한 방법이기도 했어. 둘은 너무 작아서 맨 아래의 난간에도 턱이 닿지 않았거든. 그렇게 푸와 피글렛과 루는 바닥에 엎드린 채 강물을 관찰했어. 강물은 서두르지 않고 아주 천천히 흘러갔어.

어느 날, 푸가 이 다리를 향해 걸어가고 있을 때였어. 푸는 전나무 열매에 관한 시를 한 편 지어보기로 했어. 길 양옆으로 떨어져 있는 전나무 열매들을 보자니 노래를 부르고 싶어졌거든. 푸는 전나무 열매를 하나 집어서 살펴보며 중얼거렸어.

"훌륭한 전나무 열매인걸. 이 열매랑 잘 어울리는 시를 지어야겠어."

하지만 생각해내기가 쉽지 않았지. 그러다 푸의 머릿속에 불쑥 떠오른 시가 있었어.

참 이상하지.

꼬마 전나무 말이야.

아울이 자기 나무라고 하고

캥거도 자기 나무라고 하네.

"이건 말이 안 되는데. 캥거는 나무에서 살지 않으니까."

푸가 중얼거렸어. 그러다 마침내 다리에 도착했어. 앞을 제대로 보지 않고 가던 푸는 뭔가에 걸려 넘어졌어. 그때 들고 있던 전나무 열매가 푸의 앞발에서 떨어져 나와 그만 강물 속에 빠지고 말았어.

"이런."

다리 아래로 떨어진 전나무 열매는 둥둥 떠내려갔어. 푸는 전나무 열매를 새로 구하기 위해 왔던 길을 되돌아갔지. 그런데 생각해보니 그냥 강물을 바라보는 편이 나을 것 같았어. 그날은 뭔가 평화로운 날이었거든. 푸는 바닥에 엎드려 강물을 바라보았고 강물은 저 아래서 천천히 흘러갔어…. 그때 갑자기 푸의 전나무 열매가 떠내려가는 게 눈에 들어왔어.

"재미있는 일이네. 열매는 저 반대편에서 떨어뜨렸는데. 이쪽에서 다시 나타나다니! 또 해봐도 마찬가지일지 궁금한걸."

푸는 전나무 열매들을 몇 개 더 구하러 갔어.

정말 그랬어. 똑같이 해보니 계속 마찬가지였어. 이번에는 두 개를 동시에 떨어뜨려보았어. 다리 난간에 기대어 서서 둘 중에 어느 쪽이 먼저 떠오르는지 지켜보았어. 과연 둘 중 하나가 먼저 떠올랐어. 그런데 둘 다 똑같은 크기였기 때문에 먼저 나타난 열매가 푸가 이겼으면 했던 열매인지 아닌지 알 수 없었지. 그래서 다음번에는 크기가 큰 열매 하나, 크기가 작은 열매 하나를 떨어뜨려보았어. 그러자 큰 열매가 먼저 떠올랐어. 푸가 말했던 그대로였지. 뒤이어 작은 열매가 떠올랐어. 푸가 말했던 그대로였지. 이로써 푸는 두 번 다 이긴 셈이야…. 차 마시러 집으로 돌아갈 때까지 총 서른여섯 번 이기고 스물여덟 번 졌어. 그러니까 푸가 뭐냐면, 음, 서른여섯에서 스물여덟을 뺀 그 수만큼 해낸 셈이지. 거꾸로 말고.

그렇게 푸가 처음 생각해낸 이 놀이의 이름은 '푸 나뭇가지'로 정해졌어. 친구들은 숲 둘레에서 종종 이 놀이를 즐겼는데, 전나무 열매 대신에 나뭇가지를 떨어뜨리는 것으로 바꿨거든. 그게 순위 매기기가 더 쉬웠기 때문이지.

그날도 푸와 피글렛과 래빗과 루는 다 같이 푸 나뭇가지 게임을 하고 있었어. 래빗이 "시작!" 하면 각자 나뭇가지를 강물에 떨어뜨리고 얼른 다리 반대편 난간으로 옮겨가. 그런 다음부터는 난간에 기대어 누구의 나뭇가지가 제일 먼저 떠오르는지 기다려 보는 거지. 그런데 나뭇가지가 떠오르기까지 오래 걸렸어. 강물이 그날따라 굳이 어딘가에 도달하지 못해도 상관없다는 듯 아주 느릿느릿 흐르고 있었거든.

"내 나뭇가지가 보여! 아니다, 나뭇가지가 아니네. 피글렛, 네 나뭇가지 보여? 내 나뭇가지가 보이는 줄 알았더니 아니었어. 저기 있다! 아, 아니네. 푸, 네 나뭇가지 보여?"

루가 소리쳤어.

"아니."

푸가 말했어.

"내 나뭇가지는 어디 걸렸나 봐. 래빗, 내 나뭇가지는 걸렸어. 피글렛, 혹시 네 나뭇가지도 걸렸니?"

루가 물었어.

"나뭇가지가 떠오르려면 생각보다 오래 걸린다니까."

래빗이 말했어.

"네 생각에는 얼마나 오래 걸릴 것 같아?"

루가 물었어.

"네 나뭇가지 보인다, 피글렛."

그때 갑자기 푸가 말했어.

"내 나뭇가지는 회색빛이 나."

피글렛은 혹시 떨어질까 싶어 고개를 너무 내밀지도 못하고 대답했어.

"맞아, 지금 보이는 나뭇가지가 그래. 내 쪽으로 오고 있어."

래빗은 자기 나뭇가지를 찾느라 아까보다 고개를 쭉 내밀었고, 루는 몸을 이리저리 들썩대며 "어서 나와, 나뭇가지야! 어서, 나뭇가지야, 어서!" 하고 소리를 질렀어. 피글렛은 잔뜩 들떠 있었어. 지금 자기 나뭇가지만 보인다는 건 자기가 이길 거라는 뜻이었으니까 말이야.

"나온다!"

푸가 외쳤어.

"정말 내 나뭇가지가 맞아?"

피글렛이 신나서 소리쳤어.

"응, 회색이 맞아. 크고 회색이야. 여기로 온다! 아주 크고… 회색이고… 어, 아니다. 이요르야."

강물 위에 둥둥 떠 있는 건 이요르였어.

"이요르!"

다 같이 소리쳤어.

매우 침착하고 당당해 보이는 이요르가 네 다리를 공중에 올린 채 둥둥 떠내려오고 있었어.

"이요르야!"

루가 엄청 흥분해서 소리쳤어.

"그래? 나도 궁금했는데."

이요르가 말했어. 작은 소용돌이에 휘말려 천천히 세 바퀴째 도는
중이었어.

"너도 놀고 있는 줄 몰랐어."

루가 말했어.

"노는 게 아냐."

이요르가 말했어.

"이요르, 거기서 뭐 해?"

래빗이 물었어.

"세 가지 보기를 줄게, 래빗. 땅바닥에서 굴 파기? 땡. 어린 참나무

에 올라가 이 가지 저 가지로 옮겨 다니기? 땡. 강물 속에서 누군가가 날 도와주길 기다리기? 딩동댕. 래빗에게 시간을 주지. 래빗이라면 답을 줄 테니까."

이요르가 말했어.

"그렇지만 이요르, 우리가 뭘 해야… 그러니까 어떻게 하면 좋을지… 네 생각엔 우리가…."

푸가 난처해하며 말했어.

"그래, 그중 하나라도 딱 맞는 게 있겠지. 고맙다, 푸."

"이요르가 빙글빙글 돌고 있어."

루가 감탄하며 말했어.

"왜, 그러면 안 돼?"

이요르가 쌀쌀맞게 말했어.

"나도 수영할 줄 알아."

루가 자랑스레 말했어.

"빙글빙글 도는 건 못 하겠지. 이건 훨씬 더 어렵거든. 난 오늘 같은 날 수영하러 나오고 싶지 않았지만…."

이요르는 계속 돌면서 이야기를 이어갔어.

"하지만 어차피 시작한 김에, 왼쪽에서 오른쪽으로 도는 회전 운동을 연습해보기로 했어. 아, 어쩌면 이제는…."

이요르는 또 다른 소용돌이로 휘말리면서 다시 말했어.

"왼쪽에서 오른쪽으로 도는 연습이라고 해야겠군. 암튼 어쩌다 나한테 벌어진 일이니 남들이야 상관없는 내 문제일 뿐이야."

다들 잠시 고민하느라 조용해졌어.

"나 뭔가 생각났어. 그리 좋은 생각은 아닌 것 같지만."

마침내 푸가 입을 열었어.

"나도 그럴 것 같다."

이요르가 말했어.

"말해봐, 푸. 들어보자."

래빗이 말했어.

"음, 우리가 이요르가 떠 있는 강물 한쪽에 돌 같은 걸 던져. 그러면 물결이 생기잖아. 그 물결이 이요르를 반대쪽으로 쓸려가게 만드는 거지."

"아주 좋은 생각인데."

래빗이 말했어. 그러자 푸는 다시 기분이 좋아졌지.

"아주 좋네. 푸, 내가 쓸려가고 싶어지면 그때 말할게."

이요르가 말했어.

"혹시 실수로 이요르가 돌에 맞으면 어떡해?"

피글렛이 불안해하며 물었어.

"실수로 돌이 빗나갈 수도 있겠지. 피글렛, 안심하고 즐기기 전에 모든 가능성을 따져봐야 해."

하지만 이미 푸는 자기가 들 수 있는 가장 무거운 돌을 골라서 가져왔어. 돌을 든 두 팔을 난간 밖으로 쭉 뺐지.

"돌을 던지지 않고 떨어뜨릴 거야, 이요르. 그러면 빗나갈 일이 없지. 그러니까 널 맞힐 일은 없다는 뜻이야. 잠시만 빙빙 도는 걸 멈출 수 있겠어? 내가 좀 헷갈려서 말이야."

"안 돼. 난 도는 걸 좋아하거든."

래빗은 이제 자기가 진두지휘해야 할 때라는 생각이 들었어.

"푸, 이제 내가 '지금이야!' 하면 돌을 떨어뜨려. 이요르, 내가 '지금이야!' 하면 푸가 돌을 떨어뜨릴 거야."

"아주 고마워, 래빗. 그런데 당연히 나도 알게 되겠는걸."

"푸, 준비됐니? 피글렛, 푸 자리를 좀 더 넓혀줘. 루, 조금만 뒤로 물러나. 준비됐어?"

"아니."

이요르가 말했어.

"지금이야!"

래빗이 소리치자 푸가 강물 아래로 돌을 떨어뜨렸어. 요란하게 물이 튀었고, 이요르가 사라졌어….

순간 다리 위에서 지켜보던 친구들은 초조해졌어. 보고 또 보고…. 그때 피글렛의 나뭇가지가 살짝 떠오르고 뒤이어 래빗의 나뭇가지도 떠올랐지만 그걸 보면서도 생각만큼 기쁘지 않았어. 슬슬 푸의 머릿속에는 돌을 잘못 골랐던 게 틀림없다는 생각이 들기 시작했어. 아니면 애초에 강을 잘못 골랐을 수도 있고 날을 잘못 골랐을 수도 있겠다 싶었지. 그런데 그때, 강둑 위로 회색빛이 나는 무언가가 눈에 띄었어. 그게 점점 커지고 커지더니… 마침내 이요르가 모습을 드러냈단다.

다들 탄성을 지르며 다리에서 뛰어나왔어. 강둑 위의 이요르를 밀고 당겨서 뭍으로 데려왔지. 이요르는 다시 친구들 곁에 설 수 있었어.

"아, 이요르, 너 지금 쫄딱 젖었어!"

피글렛이 이요르의 몸을 만져보며 말했어.

이요르는 몸을 부르르 떨면서 누가 피글렛에게 강물 속에 아주 오래 들어가 있으면 어떻게 되는지 설명 좀 해주라고 했어.

"잘했어, 푸. 우리 아주 좋은 방법이었어."

래빗이 훈훈하게 말했어.

"그 방법이 뭐였는데?"

이요르가 물었어.

"이렇게 강둑으로 널 밀어내는 방법 말이야."

"날 밀어냈다고? 날 밀어냈어? 너희 내가 그렇게 밀려났다고 생각하는 건 아니겠지? 나 잠수했어. 푸가 날 향해 커다란 돌을 떨어뜨리는 바람에 내가 가슴에 맞기라도 할까 봐 깊이 잠수했지. 그런 다음에 헤엄쳐서 강둑까지 온 거라고."

"너 정말 안 그랬잖아."

피글렛은 푸를 안심시키려고 속삭이듯 말했어.

"나도 안 그랬다고 생각해."

푸가 불안해하며 말했어.

"그냥 이요르가 하는 말일 뿐이야. 난 네가 떠올려낸 방법이 아주 좋았다고 생각해."

피글렛의 말에 푸는 마음이 조금 편안해지기 시작했어. 머리가 별로 안 좋은 곰이다 보니까 뭔가 떠올린 생각이 머릿속에서는 아주 그럴듯하게 느껴지는데, 밖으로 꺼내어 다른 사람들에게 선보일 때면 완전히 달라지기도 하거든. 어쨌든, 강물 속에 있던 이요르가 지금은 잘 빠져나왔으니 푸가 어떤 문제를 일으키진 않은 거지.

"어쩌다 강으로 떨어졌어, 이요르?"

래빗은 피글렛의 손수건으로 이요르를 말려주다가 물었어.

"떨어진 게 아니야."

이요르가 말했어.

"그런데 왜…."

"콩콩 뛰기를 당했어."

"와, 누가 널 민 거야?"

루가 흥분해서 물었어.

"누가 콩콩 뛰면서 날 쳤어. 그때 나는 강가에서 생각에 잠겨 있었거든. 너희 중 누군가는 생각이란 게 뭔지 알겠지. 암튼 그때 누가 요란스럽게 나를 치고 갔어."

"아, 이요르!"

다 같이 소리쳤어.

"확실히 미끄러진 건 아니지?"

래빗이 신중하게 물었어.

"당연히 미끄러졌지. 가파른 강둑에 서 있다가 누가 널 뒤에서 요란스럽게 치고 간다면 너라도 당연히 미끄러졌을 거야. 넌 내가 뭘 어쨌다고 생각한 거야?"

"그런데 누가 그랬을까?"

루가 물었어. 이요르는 대답이 없었지.

"티거였을 것 같아."

피글렛이 소심하게 말했어.

"그런데 말이야, 이요르. 그게 장난이었어, 아니면 사고였어? 그러니까…."

푸가 말했어.

"난 계속해서 질문했단다, 푸. 강바닥까지 가라앉았을 때도 혼자 계속 생각했어. '애정 어린 장난이었을까, 아니면 단순한 사고에 불

과했을까?' 물 위로 막 뜨고서는 혼자 생각했어. '젖었군.' 내 말이 무슨 말인지 알겠어?"

"그럼 티거는 어디 있어?"

래빗이 물었어.

이요르가 대답하기도 전에, 친구들 뒤에서 요란스러운 소리가 나더니 수풀 울타리를 뚫고 티거가 나타났어.

"다들 안녕."

티거가 쾌활하게 인사했어.

"안녕, 티거."

루도 인사했어.

그때 갑자기 래빗의 태도가 근엄해졌어.

"티거, 방금 무슨 일이 있었던 거야?"

"방금이라면 언제?"

티거가 약간 불안해하며 되물었어.

"네가 콩콩 뛰다가 이요르를 쳐서 강물에 빠뜨렸던 때 말이야."

"난 그런 적 없는데."

"네가 날 쳤어."

이요르가 퉁명스럽게 말했어.

"나 정말 아니야. 기침했는데 그때 마침 이요르가 내 앞에 있긴 했어. 내가 '그르르움프에취취!' 하고 기침했거든."

"왜 그래? 괜찮아, 피글렛."

래빗이 넘어진 피글렛을 일으켜서 먼지를 털어주며 말했어.

"깜짝 놀라서 그랬어."

소심해진 피글렛이 말했어.

"그게 바로 내가 콩콩 뛰기라고 부르는 거야. 남을 깜짝 놀라게 하는 것 말이지. 아주 불쾌한 습관이라고. 티거가 이 숲에서 지내는 건 상관없어. 숲은 넓으니까 콩콩 뛰어다닐 공간도 많지. 하지만 티거가 왜 나의 아담한 모퉁이 공간까지 들어와서 콩콩 뛰며 다녀야 하는지 모르겠어. 내 아담한 모퉁이에 무슨 대단히 놀라운 게 있다면 모를까. 물론 춥고 축축하고 못생긴 걸 좋아하는 이들에게는 다소 특별해 보일지도 모르겠군. 하지만 그게 아니라면 그곳은 그저 모퉁이일 뿐이라고. 또 누구라도 콩콩 뛰고 싶은 기분이 든다면…."

이요르가 말했어.

"나 콩콩 뛰지 않았어. 기침했다니까."

티거가 뿌루퉁하게 말했어.

"콩콩 뛰기든, 에취취든, 강바닥에 가라앉게 만든 건 어차피 마찬가지야."

"음, 내가 말할 수 있는 건… 아, 여기 크리스토퍼 로빈이 왔네. 이제 크리스토퍼 로빈이 말해줄 거야."

래빗이 말했어.

숲에서 다리 쪽으로 걸어오던 크리스토퍼 로빈은 명랑하고 태평한 기분에 싸여 있었어. 2 곱하기 19 같은 건 중요하지 않은, 기분 좋은 오후였지. 크리스토퍼 로빈은 다리의 맨 아래 난간에 서서 고개를 내밀고 저 아래 천천히 흘러가는 강물을 바라보다가 문득 알아야 할 모든 걸 깨닫고 또 푸에게도 그걸 들려주는 상상을 했어. 푸도 확실히 모르는 것이 몇 가지 있거든. 하지만 다리에 도착해서 친구들이 모여 있는 광경을 보고 알았지. 오늘 오후는 자기가 생각했던 오후가 아니라, 뭔가 하고 싶어지는 그런 오후라는 걸 말이지.

"크리스토퍼 로빈, 어떻게 된 일이냐면 티거가⋯."

래빗이 상황을 설명하기 시작했어.

"난 아니야."

티거가 말했지.

"음, 어쨌든, 거기 내가 있었잖아."

이요르가 말했어.

"하지만 티거가 일부러 그랬던 건 아닌 것 같아."

푸가 말했어.

"티거는 원래 콩콩 뛰어다니잖아. 그건 자기도 어쩔 수 없거든."

피글렛이 말했어.

"나한테도 콩콩 뛰기 해줘, 티거. 이요르, 티거가 나한테도 해줄 거야. 피글렛, 네 생각에…."

루는 신나서 떠들었어.

"자, 알았어. 우리 한꺼번에 이야기하지 말자. 중요한 건, 과연 크리스토퍼 로빈은 어떻게 생각하느냐야."

래빗이 말했어.

"난 기침을 했을 뿐이라고."

티거가 말했어.

"콩콩 뛴 거겠지."

이요르가 말했어.

"쉿! 크리스토퍼 로빈은 이 모든 걸 어떻게 생각해? 그게 중요해."

래빗이 앞발을 들며 말했어.

"음, 내 생각에는…."

크리스토퍼 로빈은 이 모든 일을 어떻게 생각해야 할지 잘 몰랐어.

"네 생각에는?"

다 같이 외쳤어.

"내 생각에는 우리 다 같이 푸 나뭇가지 놀이를 하는 게 좋겠어."

그렇게 친구들은 푸 나뭇가지 놀이를 하기로 했단다. 이요르는 이 놀이는 처음 해봤는데도 다른 친구들보다 더 많이 이겼어. 그리고 루는 두 번 물에 빠졌는데, 첫 번째는 실수였고 두 번째는 일부러 그랬어. 숲에서 캥거가 오는 걸 보고는 이제 잠자리에 들 시간이라는 걸 알고 일부러 물에 빠졌다니까. 암튼 그래서 래빗이 캥거랑 루랑 같이 가겠다고 했어. 티거와 이요르도 함께 출발했어. 이요르가 티거한테 푸 나뭇가지 놀이에서 이기는 법을 알려주고 싶어 했거든. "나뭇가지를 까딱거리다가 휙 던지면 돼. 네가 내 말을 이해했다면 말이야, 티거" 이런 식으로 말이지. 그렇게 크리스토퍼 로빈과 푸와 피글렛 셋만이 다리에 남게 되었어.

셋은 오랫동안 저 아래 강물을 바라보았어. 셋 다 아무 말이 없었어. 강물도 조용했지. 아주 고요하고 평화로운 여름날 오후라는 걸 강물도 느꼈을 테니까 말이야.

"티거는 괜찮아, 정말로."

피글렛이 느긋하게 말했어.

"당연하지."

크리스토퍼 로빈도 말했어.

"다들 그래, 정말로. 난 그렇게 생각해. 내 생각이 맞을 것 같진 않

지만."

푸가 말했어.

"당연히 네 생각이 맞아, 푸."

크리스토퍼 로빈이 말했어.

이야기

7

티거가
콩콩 뛰지 않으려면

그날은 래빗과 피글렛이 푸의 집 문 앞에 앉아 있었어. 피글렛은 래빗이 하는 이야기를 듣고 있었고 푸도 같이 앉아 있었어. 나른한 여름날 오후, 숲속은 잔잔한 소리로 가득했지. 모든 것이 푸에게 "래빗 말고 나에게 귀 기울이렴" 하고 말하는 것 같았어. 그래서 푸는 래빗의 이야기를 흘려들을 생각으로 편안한 자세를 취했어. 이따금 눈을 뜨고는 "아하!"라고 말해주고 다시 눈을 감으면서 "정말이야"라고 말해줬어. 한편 피글렛은 가끔 래빗이 "내 말이 무슨 뜻인지 알겠지, 피글렛?" 하고 진지하게 확인하면 자기가 잘 이해하고 있다는 걸 보여주려고 진지하게 고개를 끄덕였지.

"사실, 티거가 요즘 콩콩 뛰는 게 심해졌잖아. 우리가 티거에게 교훈을 줄 때가 됐어. 넌 그렇게 생각하지 않니, 피글렛?"

이야기가 마무리될 때쯤 래빗이 티거에 관해 말했어.

피글렛은 티거가 콩콩 뛰는 게 사실이고 만약 티거를 콩콩 뛰지 않게 할 방법이 있다면 그건 참 훌륭한 생각일 거라고 말했어.

"그게 딱 내가 생각하는 대로야. 넌 어때, 푸?"

래빗이 물었어.

푸는 감았던 눈을 번쩍 뜨면서 "대단히"라고 했어.

"뭐가 대단히?"

래빗이 물었지.

"네가 지금 말한 거 말이야. 틀림없다고."

피글렛은 푸의 옆구리를 쿡쿡 찔렀어. 푸는 아무래도 자기가 여기
아닌 다른 곳으로 간 것 같아서 천천히 일어나 자기를 찾아봤어.

"그럼 우리가 어떻게 해야 해? 래빗, 어떤 교훈을 주는데?"

피글렛이 물었어.

"그게 중요해."

래빗이 대답했어.

푸는 예전에 어디선가 '교훈'이라는 단어를 들어본 적 있었어.

"두 번 고파기라는 게 있잖아. 크리스토퍼 로빈이 나한테 알려주려고 한 적이 있어. 그런데 안 됐지."

"뭐가 안 됐다고?"

래빗이 물었어.

"안 됐다니, 뭘?"

피글렛도 물었지.

푸는 고개를 저었어.

"모르겠어. 그냥 안 됐어. 너희는 무슨 이야기를 하는 중이야?"

"푸, 래빗이 하는 이야기를 여태 안 듣고 있었어?"

피글렛이 나무라듯 말했어.

"듣고 있었어. 근데 귓속에 조그만 솜뭉치가 들어 있어서 말이야. 다시 한번 이야기해줄 수 있니, 래빗?"

래빗은 얼마든지 다시 이야기해줄 수 있었지. 그래서 어디서부터 들려주면 되는지 물었어. 그러자 푸는 자기 귀에 솜뭉치가 들어갔을 때 이야기하던 부분부터 들려주면 된다고 했지. 그러자 래빗은 그게 어느 부분이냐고 다시 물었고 푸는 그때 제대로 안 들렸던 터라 모르겠다고 했어. 결국에 피글렛이 상황을 정리하려고 나섰어. 지금 우리가 하려던 게 어쨌든 티거가 콩콩 뛰지 못하도록 하는 방법을 생각해내는 것이었고, 우리야 티거를 정말 좋아하고 다들 틀림없이 그럴 테지만 티거가 콩콩 뛰는 건 사실이라고 말했지.

"오, 이제 알겠어."

푸가 말했어.

"티거가 너무 심하긴 해. 그게 문제야."

푸는 열심히 고민해봤어. 하지만 전혀 도움 되지 않을 생각만 떠올랐지. 푸는 아주 나지막이 노래를 흥얼거리기 시작했어.

만약 래빗이

더 컸거나

더 뚱뚱했거나

더 힘셌더라면,

아님 티거보다

더 컸다면 어땠을까.

만약 티거가 더 작았다면,

티거가 래빗 앞에서

콩콩 뛰는 나쁜 버릇은

문제가 되지 않을 텐데.

만약 래빗이

더 컸다면 말이야.

"푸는 뭐라고 하는 거야? 무슨 좋은 거라도 있어?"

래빗이 물었어.

"아니, 좋은 거 없어."

푸가 쓸쓸히 대답했어.

"음, 나한테 생각이 있어. 자, 들어봐. 우리가 티거를 데리고 긴 탐험을 떠나. 티거가 가본 적 없는 곳으로. 거기서 일단 티거를 길 잃어버리게 하고, 다음 날 아침에 다시 티거를 찾아내. 그러면 말이지, 잘들어. 티거는 완전히 달라져 있을 거야."

래빗이 말했어.

"왜?"

푸가 물었어.

"겸손한 티거가 될 테니까. 슬픈 티거, 우울한 티거, 작고 가엾은티거가 될 테고 '아, 래빗, 널 만나서 정말 기뻐'라고 말하는 티거가될 테니까. 그래서야."

"나랑 피글렛을 보고도 반갑다고 할까?"

"당연하지."

"그거 좋다."

푸가 말했어.

"난 티거가 슬픈 티거로 계속 지낸다면 싫을 것 같아."

피글렛이 석연찮다는 듯 말했어.

"티거들이라면 계속 슬퍼하며 지낼 리 없어. 티거들은 깜짝 놀랄 만한 속도로 슬픔을 이겨내거든. 내가 혹시나 해서 아울한테 물어봤는데, 티거들은 슬픔을 이겨낼 때 항상 그렇대. 암튼 우리가 티거를 단 5분이라도 주눅 들고 슬퍼지는 기분을 느끼게 한다면 그걸로 우리는 좋은 일을 하는 셈이야."

래빗이 설명했어.

"크리스토퍼 로빈도 그렇게 생각할까?"

피글렛이 물었어.

"그럼. 크리스토퍼 로빈이라면 '좋은 일을 했구나, 피글렛. 내가 하려고 했던 일인데, 마침 다른 할 일이 생겨서 못했네. 고마워, 피글렛' 하고 말할 거야. 물론 푸한테도 마찬가지고."

래빗의 설명에 피글렛은 기분이 아주 좋아졌어. 티거에게 하려는 일이 좋은 일이라는 생각이 확 들었지. 또 이걸 푸와 래빗이 함께한다면 몸집이 아주 작은 동물이라도 아침에 눈 떠서 편안한 마음으로 해볼 만한 일이 되리라고 생각했어. 이제 마지막으로 남은 질문은 '과연 어디서 티거를 길 잃어버리게 할까?'였어.

"티거를 데리고 북극으로 가자. 북극을 찾아가는 길은 아주 긴 탐험이었잖아. 이번에는 티거를 위해 북극을 안 찾아가는 아주 긴 탐험이 될 거야."

래빗이 말했어.

이제 푸의 기분이 아주 좋아질 차례였어. 북극을 맨 처음 찾아낸 게 바로 푸였잖아. 북극에 가면 티거가 "발견자 푸, 푸가 북극을 찾아냈다"라고 쓰인 안내문을 보게 되겠지. 그럼 티거도 아마 모르고 있었을 곰돌이 푸의 또 다른 모습을 알게 되겠지. 바로 이런 곰이었다는 사실을 말이지.

출발 시간은 다음 날 아침으로 정해졌어. 이제 캥거와 루와 티거의 집 가까이에 사는 래빗이 티거에게 가서 내일 뭘 하는지 물어볼 거야. 별일 없으면 같이 탐험을 떠나자고, 푸와 피글렛도 함께 데려가자고 말이지. 이때 티거가 "좋아"라고 대답하면 다 된 거고, "싫은데"라고 대답하면….

"안 그럴 거야. 나한테 맡겨."

래빗은 이렇게 말하고 서둘러 떠났어.

다음 날은 어제와 아주 달라져 있었어. 맑고 더운 날씨가 아니라 안개 끼고 추운 날씨였지. 그래도 푸는 별 상관하지 않았어. 다만 안개 끼고 추운 날씨라서 벌꿀들이 꿀을 만들지 못한다고 생각하면 안타까웠지. 푸는 자기를 데리러 온 피글렛에게도 이 이야기를 했어. 그랬더니 피글렛은 그런 생각은 별로 안 들고, 숲의 꼭대기에서 밤낮 내내 길을 잃은 채로 지내야 한다면 얼마나 춥고 슬플까 하고 생각하던 중이라고 했어. 푸와 피글렛이 래빗의 집에 도착하자 래빗은 날이 딱 적당하다고 말했어. 티거는 늘 앞장서서 콩콩 뛰며 가니까 티거의 모습이 안 보이게 되면 곧장 잽싸게 다른 방향으로 가버리자고 했어. 그럼 티거가 자기들을 다시는 보지 못하게 될 거라고 했지.

"다시는 못 보는 게 아니잖아?"

피글렛이 물었어.

"아, 우리가 티거를 다시 찾을 때까지는 못 본다고, 피글렛. 그게 내일이거나 암튼 언제든 간에. 어서 가자. 티거가 기다릴 거야."

캥거의 집에 도착하고 보니 루도 기다리고 있었어. 루는 티거의 가장 좋은 친구였거든. 상황이 난감해졌어. 하지만 래빗은 입을 가리고 푸에게 "나한테 맡겨"라고 속삭였어. 그러고는 캥거에게 다가갔어.

"아무래도 루는 안 가는 게 좋겠어. 오늘은 안 되겠어."

"왜 안 돼?"

듣지 말았어야 할 루가 알아차리곤 물었어.

"지독히 추운 날이거든. 그리고 너 오늘 아침에 기침했잖아."

래빗이 고개를 저으며 말했어.

"네가 어떻게 알아?"

루가 막 따졌어.

"오, 루. 왜 엄마한테 말하지 않았어?"

캥거가 타이르듯 말했어.

"비스킷 먹다가 나온 기침이었어요. 엄마가 말하는 그런 기침 말고요."

루가 말했어.

"오늘은 안 되겠구나, 아가. 다음에 가자."

"내일이요?"

루가 기대에 차서 물었어.

"두고 보자꾸나."

캥거가 대답했지.

"엄마는 늘 두고 보자고 하지만 결국에는 아무 일도 생기지 않아요."

루가 슬퍼하며 말했어.

"오늘 같은 날은 앞을 제대로 보기 힘들어, 루. 우리 멀리까지 가기는 힘들 거야. 오늘 오후면 돌아올 거야. 우리 모두, 우리 모… 우리… 아, 티거, 거기 있었네. 어서 가자. 안녕, 루! 오늘 오후면 우리… 어서 가자, 푸! 다들 준비됐지? 좋아. 어서 가자."

그렇게 넷은 길을 떠났어. 푸와 래빗과 피글렛은 같이 걸어갔고, 티거는 친구들 주위에서 빙글빙글 원을 그리며 뛰어다녔어. 그러다 길이 좁아지자 래빗과 피글렛과 푸는 한 줄로 걸어갔고, 티거는 친구들 주위에서 길쭉한 원을 그리며 뛰어다녔지. 그러다 양쪽 길가에 난 가시금작화가 따갑게 찌르자 티거는 친구들 앞을 오가며 뛰어다녔어. 가끔 래빗을 향해 콩콩 뛰었다 말았다 했어.

더 높은 곳에 올라갈수록 안개가 더 짙어졌어. 티거는 계속 사

라졌다가 이제 멀어졌나 싶을 때면 다시 나타났어. "자, 어서 가자고"라면서 말이지. 그런데 또 뭐라 말할라치면 이미 사라지고 없었어.

래빗이 뒤를 돌아보며 피글렛의 옆구리를 쿡 찌르고는 말했어.

"다음 번이야. 푸한테 전달해."

"다음 번이야."

피글렛이 푸에게 전달했지.

"다음 뭐?"

푸가 피글렛에게 물었어.

티거는 별안간 사라졌다가 다시 래빗에게 콩콩 뛰어왔다가 또 사라졌어.

"지금이야!"

래빗이 외쳤어. 래빗은 길가의 움푹 파인 곳에 뛰어들었어. 푸와 피글렛도 래빗의 뒤를 따랐지. 셋은 고사리 덤불 속에 웅크리고 앉아서 귀를 쫑긋 세웠어. 그렇게 멈추고 귀를 기울여보니 숲은 아주 고요했어. 아무것도 눈에 띄지 않고 아무것도 들리지 않았어.

"쉿, 조용!"

래빗이 속삭였어.

"그러고 있잖아."

푸가 대답했어.

그때 타닥타닥하는 발걸음이 났어. 그러다 다시 조용해졌어. 티거가 "이봐!" 하고 외쳤어. 순간 티거의 소리가 너무 가깝게 들려서 하마터면 피글렛이 펄쩍 뛰어오를 뻔했지 뭐야. 마침 푸가 일부러 그런 건 아닌데 피글렛의 몸을 거의 깔아뭉개고 있어서 그런 일은 벌어지지 않았단다.

"너희 어딨어?"

티거가 소리쳤어.

래빗이 푸의 옆구리를 찔렀어. 푸도 피글렛의 옆구리를 찌르려고 봤더니 피글렛이 안 보였어. 피글렛은 최대한 조용하게 축축한 고사리 덤불 향을 계속 맡는 중이었어. 그랬더니 용기도 나고 기분이 좋아졌지.

"이상하네."

티거가 말했어.

잠시 조용해졌어. 그러다 다시 티거가 타닥타닥하고 멀어지는 소리가 들렸지. 래빗과 푸와 피글렛은 조금만 더 기다렸어. 숲이 너무 고요하다 못해 으스스해지려고 할 때쯤, 래빗이 자리에서 일어나 기

지개를 켰어.

"어때, 됐지? 내가 말한 대로야."

래빗이 자랑스럽게 속삭였어.

"나 생각 중이었는데 말이야. 내 생각에….."

"아냐. 그만 말하고 뛰어. 가자."

푸가 뭔가 말하려 하자 래빗이 가로막았어. 셋은 서둘러 출발했고
래빗이 앞장섰어.

"이제는 걸어도 되겠어. 아까 무슨 말 하려고 했어, 푸?"

조금 떨어진 곳에 다다르자 래빗이 말했어.

"별것 아냐. 근데 우리 왜 이쪽으로 가는 거야?"

"이쪽이 집으로 가는 길이니까."

"아하!"

"내 생각에는 오른쪽으로 더 온 것 같아. 네 생각은 어때, 푸?"

피글렛이 불안해하며 말했어.

푸는 두 앞발을 내려다봤어. 둘 중 하나는 오른쪽 발이라는 걸 알
았고, 오른쪽 발이 정해지면 반대쪽은 왼쪽 발이 된다는 것도 알았
어. 하지만 어느 쪽부터 시작해야 할지 도통 기억나지 않았어.

"음."

푸가 느릿느릿 입을 열었는데….

"내가 알아. 이쪽으로 가면 돼."

래빗이 말했지.

셋은 계속 걸었어. 그러다 10분이 지나 다시 멈췄어.

"아, 바보 같네. 일단 지금은…. 아하, 그렇지. 어서 가자."

다시 10분이 지났어.

"다 왔다. 아, 아니네…."

또 10분이 지났어.

"이제 가야 할 곳은… 음, 혹시 우리가 생각보다 더 오른쪽으로 와 있나…?"

또 10분이 지났지.

"이상하네. 안개 때문에 전부 똑같아 보여. 너도 그렇게 생각하고 있었어, 푸?"

푸는 그렇다고 했어.

"우리가 숲을 잘 아니까 다행이야. 안 그랬으면 길을 잃었을 거야."

30분이 지난 뒤에 래빗이 말했어. 숲을 잘 알아서 길을 잃어버릴 리가 없을 때 나올 법한 태평스러운 웃음소리를 내면서 말이야.

뒤에 있던 피글렛이 푸의 곁으로 슬금슬금 다가왔어.

"푸!"

"왜, 피글렛?"

"아냐, 그냥 네가 잘 있나 확인하고 싶어서."

피글렛은 푸의 앞발을 잡고 말했어.

티거는 친구들이 따라오기를 기다렸지만 아무도 오지 않자 그만 기다리기로 했어. "자, 어서 가자고"라고 말해도 아무도 대답하지 않으니 따분해졌지. 이제 집에 가야겠다고 생각했어. 그렇게 집으로 돌아온 티거를 본 캥거는 "우리 착한 티거 왔구나. 튼튼약 먹을 시간에 딱 맞춰 왔네"라며 티거를 위한 튼튼약을 따라주었어. 옆에서 루가 자랑스럽게 "난 벌써 먹었어"라고 말했고, 튼튼약을 꿀꺽 다 먹고 난 티거가 "나도야"라고 했단다. 그런 뒤 티거와 루는 장난스럽게 서로를 밀치며 놀았는데, 티거가 실수로 의자 한두 개를 넘어뜨렸고 루가 일부러 의자 한 개를 넘어뜨렸어. 그걸 본 캥거가 말했지.

"자, 저리 가서 놀아, 얘들아."

"우리 어디서 놀아요?"

루가 물었어.

"가서 전나무 열매 몇 개 따다가 엄마한테 가져다주렴."

캥거가 바구니를 주면서 말했어.

그렇게 티거와 루는 소나무 여섯 그루가 있는 곳으로 향했어. 그

곳에서 전나무 열매를 서로에게 던지며 놀다가 거기까지 왜 갔는지
도 잊어버렸지. 결국은 나무 아래에 바구니를 두고는 저녁 먹으러
집으로 돌아갔단다.

저녁을 다 먹었을 즈음에 문 앞에서 크리스토퍼 로빈이 머리를 쏙
내밀었어.

"푸는 어딨어?"

크리스토퍼 로빈이 물었어.

"우리 티거, 푸가 어딨는지 아니?"

캥거가 물었어. 티거가 무슨 일이 있었는지 설명하는데 루가 비스
킷 먹다가 나오는 기침 이야기를 같이 떠들었어. 캥거가 둘이 한꺼
번에 이야기하지 말라고 일렀지. 그 바람에 크리스토퍼 로빈은 푸와
피글렛과 래빗이 안개 낀 숲 꼭대기에서 길을 잃었으리란 걸 뒤늦게

야 짐작할 수 있었지.

"이상하지. 티거들은 절대 길을 잃어버리지 않아."

티거가 루에게 속삭였어.

"티거들은 어떻게 그래?"

"티거들은 그냥 그래. 그렇더라고."

"음, 우리가 친구들을 찾으러 가야겠어. 그래야지. 어서 가자, 티거."

크리스토퍼 로빈이 말했어.

"나 친구들을 찾으러 가야겠어."

티거가 루에게 말했어.

"나도 찾으러 가면 안 돼요?"

루가 졸랐어.

"오늘은 안 될 것 같구나, 아가. 다음에 가렴."

캥거가 말했어.

"음, 내일 친구들이 길을 잃고 있으면 가도 돼요?"

"두고 보자꾸나."

캥거가 말했어. 그게 무슨 뜻인지 알았던 루는 구석으로 가서 혼자 뜀뛰기 연습을 했어. 정말 연습하고 싶기도 했고, 크리스토퍼 로빈과 티거 둘이서만 떠날 때 자기가 신경 쓴다고 여기지 않았으면

했거든.

"아무래도 길을 잃은 게 분명해."

래빗이 말했어. 래빗과 푸와 피글렛은 숲 꼭대기의 작은 모래밭에서 쉬는 중이었어. 푸는 이 모래밭이 지겨워지려고 했어. 혹시 모래밭이 자기들을 따라다니는 게 아닌가 의심했어. 어느 방향으로 출발해도 결국은 이 모래밭으로 돌아왔거든. 안개 사이로 모래밭이 눈에 들어오면 래빗은 "이제 어딘지 알겠어!"라고 의기양양하게 외쳤어. 그럼 푸가 "나도 알겠어"라고 슬프게 말했지. 피글렛은 아무 말도 하지 않았어. 무슨 말이라도 생각해내려고 애썼지만 "도와줘, 누가 좀 도와줘!" 말고는 떠오르는 게 없었단다. 하지만 푸와 래빗이 함께 있는데 그렇게 소리친다면 좀 우스꽝스러울 것 같았어.

오랫동안 침묵이 흘렀고 지금 이렇게 멋진 산책을 하고 있어서 래빗에게 고마워하는 이는 아무도 없었지. 래빗이 다시 입을 열었어.

"음, 우리 계속 가야겠지? 어느 길로 가볼까?"

"이건 어때? 우리가 가다가 이 모래밭이 보이지 않으면 바로 다시 모래밭을 찾기 시작하는 거야."

푸가 천천히 설명했어.

"그게 무슨 소용인데?"

래빗이 물었어.

"음, 우리가 지금 계속 집을 찾으려 하는데 못 찾고 있잖아. 그러니 우리가 이 모래밭을 찾으려 한다면 분명 못 찾을 거야. 그럼 잘된 일이잖아. 그러고 나면 우리가 찾으려 하지 않은 걸 찾을 수도 있거든. 그게 바로 진짜 우리가 찾으려 하는 것이겠지."

푸가 말했어.

"별로 의미 없는 이야기 같은데."

래빗이 말했어.

"아, 그렇지. 처음 생각해냈을 때만 해도 괜찮았는데. 이야기하다 보면 문제가 생겨."

푸가 겸손하게 말했어.

"내가 이 모래밭을 떠나 걷다가 그대로 되돌아온다면야 당연히 찾을 수 있겠지."

래빗이 말했어.

"음, 못 찾을 것 같은데. 그냥 내 생각이야."

푸가 말했어.

"해봐. 우리는 여기서 기다릴게."

피글렛이 불쑥 말했어.

래빗은 피글렛의 말이 얼마나 우스꽝스러웠지 보여주려고 소리내어 웃었어. 그러고는 안개 속으로 걸어 들어갔지. 90미터쯤 걸어 간 래빗은 뒤돌아서서 다시 걸었어. 그리고… 푸와 피글렛이 래빗을 기다린 지 20분이 지났어. 푸가 벌떡 일어나며 이렇게 말했어.

"나 생각해봤는데, 이제 집으로 가자, 피글렛."

"하지만 푸, 가는 길을 알아?"

피글렛이 잔뜩 흥분해서 소리쳤어.

"아니. 근데 우리 집 찬장에 있는 열두 개의 꿀단지들이 몇 시간째 날 부르고 있어. 아까는 꿀단지들이 부르는 소리를 제대로 못 들었 어. 래빗이 말하고 있었을 테니까. 이제 꿀단지들만 빼고 모두 조용 히 있으면 그 소리가 어디서 들려오는지 알 수 있을 거야, 피글렛. 어 서 가보자."

푸와 피글렛은 함께 걷기 시작했어. 피글렛은 꿀단지들을 방해할 까 싶어 한참을 아무 말도 하지 않았어. 그러다 갑자기 "꺅" 소리를 질렀지 뭐야. 그러다 또 "오오" 하고 놀라고…. 왜냐하면 이제 슬슬 자기가 어디 있는지 알 것 같았거든. 그래도 아직은 차마 입 밖으로 말하지 못했어. 혹시 아닐 수도 있으니까 말이야. 그러다 점점 자신 감이 생겨서 꿀단지들이 계속 부르든 아니든 그리 상관없어진 그때, 저 앞에서 누군가의 소리가 들리더니 곧이어 안개 사이로 크리스토 퍼 로빈이 나타났어.

"아, 너희구나."

크리스토퍼 로빈은 애써 태평하게 말했어. 여태 걱정하지 않았던 것처럼 보이려고 말이야.

"응, 우리야."

푸가 대답했어.

"래빗은 어딨어?"

"모르겠어."

"아… 음, 티거가 래빗을 찾아올 거야. 티거가 아마 너희를 찾고 있을걸."

"음, 나는 일이 있어서 집에 가봐야 해. 피글렛도 그럴 거야. 우리가 아직 못 먹었거든. 그래서….”

푸가 말했어.

“내가 너희랑 같이 가서 지켜보도록 할게.”

크리스토퍼 로빈이 말했어.

그렇게 크리스토퍼 로빈은 푸의 집으로 함께 갔어. 그곳에서 한참
동안 푸를 지켜보았지…. 그동안 티거는 래빗을 찾겠다고 요란스럽
게 소리 지르며 숲 여기저기를 들쑤시고 다녔어. 마침내 아주 작고
가엾은 래빗이 티거의 소리를 들었어. 작고 가엾은 래빗은 그 소리
가 나는 쪽으로 안개를 뚫고 달려갔어. 그러다 불쑥 마주친 그 소리

는 티거로 변해 있었지. 다정한 티거, 위풍당당한 티거, 덩치 크고 남을 잘 돕는 티거, 꼭 콩콩 뛰어야 할 때면 딱 티거답게 멋진 모습으로 콩콩 뛰는 티거.

"아, 티거. 널 만나서 정말 기뻐."

래빗이 소리쳤어.

피글렛이
아주 대단한 일을 해내다

푸와 피글렛의 집 중간에는 생각하는 자리가 있어. 둘이 서로를 보러 가기로 정하면 그곳에서 만나곤 했어. 그곳은 따뜻하고 바람이 불지 않아. 거기 잠깐 앉아서 둘이 서로를 봤으니 이제는 뭘 할까 궁리했지. 둘이 딱히 정한 게 없었던 어느 날은 푸가 시를 하나 지었어. 생각하는 자리가 어떤 곳인지 모두에게 알려주려고 말이야.

따뜻하고 햇빛 비치는 이곳은
푸의 자리야.
푸는 이 자리에 앉아
뭘 할까 궁리하지.
앗, 이런, 깜빡할 뻔.
피글렛의 자리이기도 하지.

어느 가을날 아침이었어. 밤새 불어댄 바람에 나뭇잎들이 다 떨어지고 이제는 나뭇가지들까지 부러질 듯한 날이었어. 푸와 피글렛은 생각하는 자리에 앉아서 궁리하는 중이었어.

"내 생각에는, 푸 모퉁이에 가서 이요르를 만나는 게 어떨까 해. 어쩌면 이요르의 집이 바람에 무너져서 이요르가 자기 집을 다시 지어줬으면 하고 바랄지도 모르니까."

푸가 말했어.

"내 생각에는, 크리스토퍼 로빈을 만나러 가는 게 어떨까 해. 크리스토퍼 로빈이 집에 없지만 않다면 말이야. 그럼 못 만나니까."

피글렛이 말했어.

"모두 다 만나러 가자. 바람 속을 몇 킬로미터씩 걷다가 누군가의 집에 불쑥 들어가는 거지. 그럼 그 친구는 '안녕, 푸. 딱 맛있는 한 입 먹을 시간에 왔구나' 하겠지. 이런 날을 나는 다정한 날이라고 불러."

푸가 말했어. 피글렛은 모두 다 만나러 가려면 이유가 있어야 한다고 생각했어. 꼬마를 찾는다든지, 탐명('탐험'을 잘못 말함―옮긴이)을 떠난다든지 하는 이유 말이야. 푸가 뭐라도 떠올려낼 수 있다면 말이지.

푸가 떠올려냈어.

"목요일이니까 우리 모두에게 아주 행복한 목요일이 되길 빌어주러 가자. 출발하자, 피글렛."

푸와 피글렛은 자리에서 일어났어. 그런데 피글렛이 다시 주저앉았지. 바람이 이렇게 세게 부는지 몰랐거든. 피글렛은 푸의 부축을 받고 일어났어. 그렇게 둘은 길을 떠났어. 일단 푸의 집에 들렀어. 다행히 푸의 집에 도착하자 바로 푸가 있었지. 푸는 어서 집으로 들어오라고 했고 둘은 뭘 좀 먹었어. 그런 다음으로는 캥거의 집으로 향했어. 둘은 서로를 꼭 붙들고 "안 그래?", "뭐가?", "안 들려" 하고 목청을 높이면서 걸어갔어. 캥거의 집에 도착했을 때쯤에는 거센 바람에 너무 시달린 터라 잠시 머물며 점심을 먹었어. 나중에는 언뜻 봐도 밖이 꽤 추울 것 같았어. 최대한 발길을 재촉해서 래빗의 집으로 갔지.

"아주 행복한 목요일이 되길 빌어주려고 왔어."

래빗의 집에 도착하자 푸는 이따가 다시 나갈 수 있으려나 확인하려고 몇 번씩 집 안팎으로 들어왔다 나갔다 하고 난 뒤에 래빗에게 말했어.

"왜, 목요일에 무슨 일이라도 있어?"

래빗이 물었고 푸가 설명해줬지. 그러자 중요한 일로 이루어진 삶을 사는 래빗은 "아, 나는 너희가 정말 무슨 일이 있어서 온 줄 알았네"라고 말했지. 셋은 그대로 잠깐 앉아 있었고… 얼마 뒤에 푸와 피글렛은 다시 길을 떠났지. 이번에는 바람이 등 뒤에서 불어왔어. 그 덕에 소리 지르며 이야기할 필요가 없어졌지.

"래빗은 똑똑해."

푸가 신중하게 말했어.

"응, 래빗은 똑똑해."

피글렛도 동의했어.

"래빗은 머리가 좋아."

"응, 래빗은 머리가 좋아."

둘은 한참 조용히 있었어. 그러다 푸가 이렇게 말했단다.

"그래서 래빗은 아무것도 이해하지 못하는 것 같아."

크리스토퍼 로빈은 그때 집에 있었어. 오후 시간이었거든. 크리스토퍼 로빈은 푸와 피글렛을 보고 정말 반가워했어. 그래서 셋은 차

마시는 시간이 다 되도록 같이 있었지. 그러다 진짜 차에 가까운 차를 같이 마셨는데, 그건 나중이면 마셨다는 게 기억이 안 날 만한 차였어. 그런 다음 푸와 피글렛은 서둘러 푸 모퉁이를 향해 다시 출발했어. 어서 이요르를 만난 다음에 너무 늦지 않게 아울에게 가서 진짜 제대로 된 차를 마셔야 했거든.

"안녕, 이요르."

푸와 피글렛은 명랑하게 소리쳤어.

"아하! 길을 잃었구나."

이요르가 말했어.

"우리는 그냥 널 보려고 왔어. 너희 집이 어떤지도 확인하고. 푸, 봐봐. 아직 잘 세워져 있어!"

피글렛이 말했어.

"그래, 참 이상하지. 누가 내려와서 밀치고 쓰러뜨렸어야 했는데 말이지."

이요르가 말했어.

"우리는 혹시 너희 집이 바람에 무너지지 않았을지 궁금했어."

푸가 말했어.

"아하, 그래서 아무도 신경 쓰지 않는구나. 난 다들 잊어버린 줄 알았지."

이요르가 말했어.

"음, 우리는 널 봐서 정말 기뻤어, 이요르. 이제 아울을 보러 갈 거야."

"그렇지. 너희는 아울을 좋아할 거야. 아울이 어제인가 그제인가 이곳을 지나 날아가면서 나를 봤어. 그런데 아무 말도 하지 않더라고. 뭐, 나였다는 걸 아울도 알아봤는데. 참 다정하기도 하지. 힘이 난다니까."

푸와 피글렛은 주춤주춤하며 어떻게든 시간을 끌다가 "음, 그럼 안녕, 이요르" 하고 인사했어. 갈 길이 멀었고 어서 다 돌아보고 싶었거든.

"잘 가. 바람에 날아가지 않게 조심해, 꼬마 피글렛. 네가 그리울 테니까. 다들 '꼬마 피글렛은 어디로 날아갔어?'라고 묻겠지. 정말 알고 싶어 하면서 말이야. 암튼 잘 가. 어쩌다 내가 있는 곳을 지나가다니 고맙고."

"안녕."

푸와 피글렛이 마지막으로 더 인사했어. 그리고 아울의 집으로 향했지.

이번에는 불어오는 바람과 정면으로 맞서야 했어. 힘겹게 걸음을 옮기는 피글렛의 귀가 뒤로 젖혀져서 마치 깃발처럼 나부꼈어.

100에이커 숲 안쪽으로 몸을 피하기까지 몇 시간은 걸린 것 같았어. 둘은 움츠렸던 몸을 펴고 조금 불안한 얼굴로 나무 꼭대기에서 요란스럽게 불어대는 바람 소리를 들으며 서 있었어.

"우리가 나무 아래에 있는데 그 나무가 갑자기 쓰러지면 어떡하지, 푸?"

"그럴 일은 없을 거야."

푸는 곰곰이 생각하더니 대답했어.

그 말을 들은 피글렛은 안심했어. 잠시 뒤, 둘은 활기차게 아울의 집 문을 두드리고 종을 울렸어.

"안녕, 아울. 우리가 너무 늦지 않았길. 차… 아, 그러니까 내 말은, 잘 지냈니, 아울? 피글렛이랑 나랑 그냥 너 잘 지내는지 보려고 왔어. 목요일이잖아."

푸가 말했어.

"앉아, 푸. 너도 앉아, 피글렛. 편안히 있으렴."

아울이 친절하게 말했어.

푸와 피글렛은 아울에게 고맙다고 한 뒤에 최대한 편안한 자세로 쉬었어.

"있잖아, 아울, 우리가 서둘러서 온 게, 제때 맞춰서… 그러니까 네가 어디 나가기 전에 오려고 말이지."

푸가 말했어.

아울은 진지하게 고개를 끄덕이더니 이렇게 말했어.

"내가 틀렸다면 바로잡아줘. 지금 바깥은 바람이 휘몰아치는 날씨인 것 같은데, 맞니?"

"굉장히 그래."

피글렛이 조용히 얼었던 귀를 녹이며 말했어. 마음속으로는 집으로 안전히 돌아갈 수 있기를 빌고 있었지.

"그런 것 같았어. 그날도 오늘처럼 바람이 휘몰아치는 날이었어. 로버트 삼촌이, 아, 저기 네 오른쪽 벽에 걸린 초상화 주인공이 그분이란다, 피글렛. 삼촌이 늦은 오후에 집으로 돌아가는 길이었는데… 저 소리 뭐지?"

뭔가 우지끈하는 소리가 요란하게 들렸어.

"조심해! 벽시계 조심! 거기서 비켜, 피글렛! 나 너한테 떨어지고

있어!"

푸가 소리 질렀어.

"도와줘!"

피글렛도 소리 질렀어.

푸가 서 있던 쪽이 천천히 위로 기울어졌고 푸가 앉았던 의자가
피글렛 쪽으로 미끄러지기 시작했어. 벽시계는 벽난로 선반을 타고
스르륵 미끄러졌고 선반 위의 꽃병들도 같이 쓸려갔어. 그러다 결국
에는 원래 바닥이었지만 지금은 벽이 된다면 어떻게 보일지 알려주
려고 하는 그곳으로 와르르 쏟아져 다 깨졌지. 로버트 삼촌은 새 난

로 깔개가 될 생각인지 자기가 걸린 벽도 카펫으로 쓰려고 같이 데려오는 중이었어. 그러다 마침 피글렛이 떠나려고 맘먹었던 의자에 닿았지. 잠시 뒤에는 어느 쪽이 북쪽인지도 생각하기가 정말 어려워졌어. 그런데 그때 또 엄청난 소리가 들리고… 우당탕거리며 집 전체가 한쪽으로 다 쓸려가더니… 한순간 잠잠해졌어.

집 한구석에서 테이블보가 꿈틀거리기 시작했어.

그러다 공처럼 둥글게 둘둘 말리더니 집 안을 가로질러 데굴데굴 굴렀지. 그러다 한두 번 폴짝거리더니 테이블보 사이로 두 귀가 쏙 튀어나왔어.

다시 바닥을 구르고 나자 둘둘 말려 있던
테이블보가 스르륵 풀렸어.

"푸."

피글렛이 불안한 목소리로 푸를 불렀어.

"응?"

의자 하나가 대답했어.

"우리 지금 어디인 거야?"

"나도 잘 모르겠어."

의자가 또 대답했어.

"우리… 아울네 집에 있지 않았어?"

"맞는 것 같아. 우리 막 차를 마시려던 참이었는데 마시지 않았
지."

"어! 음, 아울네 우편함이 원래 천장에 있었나?"

"그랬나?"

"응, 봐봐."

"볼 수가 없어, 피글렛. 나 뭔가에 깔려서 아래쪽을 바라보고 있거
든. 천장을 올려다보기에는 아주 불편한 자세지."

"암튼 푸, 우편함은 원래 그랬나 봐."

"어쩌면 아울이 자리를 바꿨을 수도 있지. 그냥 새로운 기분을 내

보려고 말이야."

그때 다른 한구석에 있던 테이블 뒤쪽이 소란스러웠어. 그러더니
아울이 다시 나타났지.

"아, 피글렛. 푸는 어딨어?"

아울이 잔뜩 짜증난 얼굴로 물었어.

"나도 잘 모르겠어."

푸가 대답했어.

아울은 푸의 목소리가 들리는 쪽으로 고개를 돌렸어. 간신히 보이는 푸의 모습을 향해 인상을 찡그렸지.

"푸, 네가 이렇게 했니?"

아울이 심각하게 물었어.

"아니, 아닌 것 같은데."

푸가 머뭇머뭇 대답했어.

"그럼 누가 그랬어?"

"내 생각에는 바람이 그런 것 같아. 바람이 너희 집을 넘어뜨린 것 같아."

피글렛이 말했어.

"아, 그런 거야? 난 푸가 그런 줄 알았어."

"아냐."

푸가 말했어,

"바람이 그랬다면, 푸의 잘못이 아니네. 푸에게 책임을 물을 수는 없지."

아울은 친절히 이야기해주고는 새 천장을 살펴보기 위해 날아올랐어.

"피글렛."

푸가 속삭이듯 피글렛을 불렀어. 피글렛이 푸에게 다가갔지.

"왜, 푸?"

"아울이 나한테 뭘 물을 수 없다는 거야?"

"아울이 널 탓하지 않는다는 뜻이야."

"아하! 난 아울의 말이⋯ 아, 이제 알겠어."

"아울! 내려와서 푸를 도와줘."

피글렛이 아울을 향해 외쳤어.

자기 우편함을 흡족하게 바라보고 있던 아울이 다시 바닥으로 내려왔어. 아울과 피글렛은 함께 안락의자를 밀고 당기며 옮겼고, 잠시 뒤 의자 아래에 깔렸던 푸가 빠져나왔어. 푸는 이제야 다시 주위를 둘러볼 수 있었지.

"음! 집 안의 상태가 아주 대단하네!"

아울이 외쳤어.

"이제 어떻게 해야 하지, 푸? 생각나는 게 있어?"

피글렛이 물었어.

"음, 방금 막 생각났어. 그냥 별건 아니고."

푸는 노래를 부르기 시작했어.

난 가슴을 깔고 엎드려 있었어.

저녁 휴식을 즐기고 있다고 생각하는 편이

가장 좋았던 것 같아.

난 배를 깔고 엎드려 있었어.

노래를 불러볼까 했는데

적당한 노래가 생각나지 않더라.

내 얼굴은 바닥에 눌려 납작해졌어.

곡예사에게는 꽤 괜찮을 법한 일이야.

하지만 다정한 곰에게

이건 옳지 못한 일 같아.

버들가지 의자에 깔려 꼼짝도 못 하다니.

자꾸자꾸 짜부러지니까

가여운 낡은 코에 별로 안 좋다고.

목이랑 입이랑 귀까지 다

막 짜부러지니까

참기가 너무 힘들어.

"여기까지야."

푸가 노래를 끝내며 말했어.

아울은 약간 우습다는 식으로 헛기침을 하고, 푸가 노래를 다 부른 게 맞다면 이제는 탈출 과제에 집중할 수 있겠다고 말했어.

"왜냐하면, 원래 출입문이었던 곳으로는 나갈 수 없게 됐거든. 그 위에 뭔가 쓰러져 있나 봐."

"그 문 말고는 어떻게 나갈 수 있어?"

피글렛이 불안한 표정으로 물었어.

"그게 우리의 과제야, 피글렛. 그래서 푸에게 이 과제에 집중해달라고 부탁한 거야."

푸는 한때 벽이었던 지금의 바닥에 앉았어. 그러고는 한때 또 다른 벽이었던 천장을 올려다봤어. 천장에는 한때 출입문이었던 게 달려 있었지. 푸는 이 과제에 집중해보려고 애썼어.

"피글렛을 등에 태우고 우편함까지 날아오를 수 있겠어?"

푸가 아울에게 물었어.

"아니, 아울은 못 할 거야."

피글렛이 재빨리 대답했어.

아울은 그렇게 날기 위해서는 등 근육이 필요하다는 점을 설명하기 시작했어. 이건 예전에 푸와 크리스토퍼 로빈에게도 설명한 적 있었는데, 그날 이후로도 이걸 다시 설명할 기회가 오길 바라던 참이었어. 두 번은 쉽게 설명해줘야 무슨 말인지 알아들을 수 있는 문제였거든.

"그걸 왜 물어봤냐면, 아울, 우리가 피글렛을 우편함에 데려다주면 피글렛이 편지 넣는 구멍으로 빠져나가면 되거든. 그리고 나무를 타고 내려가서 도와달라고 하는 거야."

그때 피글렛이 다급하게 나섰어. 자기도 그러고 싶지만 요즘 몸집이 커져서 아무래도 안 될 것 같다고 말했지. 그러자 아울이 얼마 전에 큼직한 편지가 도착할지도 몰라서 우편함 크기를 크게 늘려놨으니 아마 피글렛도 들어갈 거라고 했지. 그러자 또 피글렛이 "하지만 아울 네가 필요하다고 했던 그게 안 된다고 했잖아"라고 했어. 그러자 아울이 "아, 그건 안 되지. 그럼 다 소용없는 생각이었네"라고 했지. 결국에 피글렛이 "그럼 우리 다른 방법을 생각해내는 게 좋겠다"라고 말했고 곧바로 또 고민하기 시작했단다.

그런데 푸의 머릿속에 그날의 기억이 다시 떠올랐어. 홍수에 휩쓸린 피글렛을 구해서 모두가 푸를 엄청나게 칭찬했던 그날 말이야. 자주 일어날 법한 일은 아니겠지만 언젠가 다시 일어났으면 좋겠다고 생각했었지. 그런데 갑자기 딱 그때처럼 좋은 생각이 푸의 머릿속에 떠올랐지 뭐야.

"아울, 나 생각난 게 있어."

푸가 말했어.

"역시 영리하고 남을 잘 돕는 곰돌이 푸라니까."

아울이 말했지.

푸는 영리하고 남을 잘 돕는 곰돌이 푸라는 말에 어깨가 으쓱해졌어. 그냥 어쩌다 보니 떠오른 생각이라고 겸손하게 말했지. 일단 피글렛을 끈으로 묶은 다음, 그 끈의 끄트머리를 물고 우편함으로 날아가. 그리고 우편함의 철망 안으로 끈을 밀어 넣었다가 다시 바닥 쪽으로 끄집어내. 그런 다음에는 아울과 푸가 그 끈의 끄트머리를 세게 잡아당겨. 그럼 피글렛이 천천히 우편함 쪽으로 올라갈 거야. 그러면 되는 거지.

"그러면 되겠다, 피글렛. 끈이 끊어지지만 않으면."

아울이 말했어.

"끊어질 수도 있어?"

피글렛은 정말인지 알고 싶어서 물었어.

"그럼 다른 끈으로 해보면 되지."

그 말을 들은 피글렛은 별로 안심되지 않았어. 끈이 얼마나 많든 간에 어쨌든 아래로 떨어지는 건 매번 피글렛이 겪어야 할 테니까 말이야. 하지만 그래도 이 방법밖에는 없는 것 같았어. 그래서 피글렛은 끈에 묶인 채 천장으로 끌어올려지는 일 없이 행복하게 숲에서 보냈던 숱한 순간들을 마지막으로 되짚어봤어. 그리고 푸를 향해 씩씩하게 고개를 끄덕이고는 이건 아주 영리한 멍멍이 같은 계획이라고 말했지.

"끊어지는 일은 없을 거야. 넌 자그만 동물이니까. 또 내가 바로 밑에 서 있을게. 네가 우리 모두를 구한다면 나중에도 우리는 네가 참 훌륭한 일을 해냈다고 이야기하게 되겠지. 내가 널 위한 노래도 만들 거야. 다들 '피글렛이 해낸 일이 워낙 대단하니 경의를 표하는 푸의 노래가 만들어졌잖아'라고 말할 거고."

푸가 안심시키려는 듯 속삭였어.

피글렛의 기분이 훨씬 나아졌어. 모든 게 준비되었어. 드디어 피글렛의 몸이 천장으로 천천히 올라갔고 피글렛은 너무 뿌듯해서 "날 좀 봐봐!"라고 외칠 뻔했지만 그러지 못했어. 푸와 아울이 자기를 쳐다본다고 끈을 놓기라도 할까 봐 무서웠거든.

"올라간다!"

푸가 신나서 외쳤어.

"예상대로 상승하고 있군."

아울도 한마디 거들었지. 이제 다 끝나갔어. 피글렛은 우편함을 열고 안으로 들어갔어. 그런 다음, 몸에 묶었던 끈을 풀고 편지 넣는 구멍으로 몸을 밀어 넣었어. 출입문이 출입문 노릇을 했던 지난날에는 아울이 '아우'라는 이름으로 자기한테 썼던 뜻밖의 편지 여러 통이 이 구멍을 통해 들어오곤 했단다.

피글렛은 어떻게든 몸을 꾹꾹 누르고 꽉꽉 눌러서 그 좁은 틈으로 밀어 넣었어. 마지막으로 꾸우욱 몸을 밀어 넣는 순간, 밖으로 쑥 나

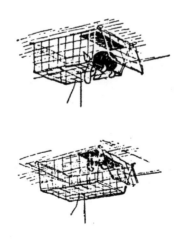

올 수 있었지. 피글렛은 정말 기쁘고 신났어. 아직 갇혀 있는 죄수들을 돌아보며 마지막으로 알렸지.

"이젠 됐어. 아울, 나무가 바람에 쓰러졌고 나뭇가지가 문 앞을 가로막고 있어. 크리스토퍼 로빈이랑 내가 치울 수 있어. 그런 다음에 푸를 끌어올릴 밧줄을 가져올 거고. 자, 이제 크리스토퍼 로빈한테 말하러 갈게. 나무에서 내려가는 건 아주 쉬워. 위험하겠지만 내가 잘할 테니 문제없다는 뜻이야. 크리스토퍼 로빈이랑 내가 30분쯤 뒤에는 올 거야. 나 갈게, 푸!"

피글렛은 뒤이어 푸가 "잘 가. 고마워, 피글렛" 하고 대답하는 것도 미처 다 듣지 않고 곧장 떠났단다.

"30분이라니."

아울이 편하게 자세를 잡으며 이야기를 시작했어.

"아까 하다가 말았던 로버트 삼촌에 관한 이야기를 마저 끝낼 시간이 딱 되겠네. 네 밑으로 보이는 그 초상화의 주인공 말이야. 가만보자. 내가 어디까지 이야기했더라? 아, 그렇지. 그날도 오늘처럼 바람이 휘몰아치는 날이었어. 로버트 삼촌이⋯."

푸는 슬며시 눈을 감았단다.

새로운 집이 필요한
아울을 위해!

푸는 100에이커 숲을 거닐다가 한때 아울의 집이었던 곳 앞에 섰어. 이제는 전혀 집처럼 보이지 않았지. 그냥 바람에 쓰러진 나무처럼 보였어. 집이 이렇게 되었다면 하루빨리 다른 집을 찾아봐야 해. 그날 아침, 집에 있던 푸는 문 밑으로 수수께끼 같은 쭉지('쪽지'를 잘못 씀―옮긴이)를 받았어. 거기엔 "아울을 위한 새 집을 차자다니는 중이야. 너도 그렇게 해. 래빗 씀"이라고 적혀 있었지. 푸가 그게 무슨 뜻인지 궁금해하고 있던 참에 래빗이 찾아와서 읽어줬어.

"모두에게 이 쪽지를 남기고 무슨 뜻인지 설명해주는 중이야. 다 같이 찾아볼 거야. 그럼 난 바빠서 이만, 안녕."

이 말을 남기고 래빗은 떠났어.

푸는 천천히 뒤따라 걸었어. 지금 아울을 위한 새 집을 찾는 것보다 더 멋진 일을 해야 했지. 그건 바로 아울의 예전 집이 등장하는 노래를 만드는 일이었어. 며칠 전에 피글렛과 약속했거든. 그날 이후로 피글렛은 푸와 만날 때마다 특별히 말은 안 했지만 왜 그런지 바로 알 만했어. 누가 노래나 나무, 끈, 한밤의 폭풍 같은 단어를 입에 올리기만 해도 피글렛은 코끝이 분홍빛으로 변했고, 왠지 허둥대며 아예 다른 이야기를 꺼냈단다.

"하지만 쉽지 않네. 시와 노래는 내가 가는 게 아니라 나한테 오는 거니까. 시와 노래가 나를 찾을 수 있는 자리에 가 있는 것 말고는 방법이 없어."

푸는 한때 아울의 집이었던 것을 바라보며 중얼거렸어.

푸는 희망을 안고 기다렸어…. 그렇게 오랜 기다림 끝에 푸가 입

을 열었지.

"음, '여기 나무가 누워 있어'로 시작해야겠다. 지금 정말 그러니까. 그런 다음에 뭐가 나오려나 봐야지."

이렇게 나왔어.

여기 나무가 누워 있어요. 아울(새)이 좋아했던

이 나무는 원래 우뚝 서 있었는데,

아울이 이야기를 하던 중이었어요.

친구인 나(당신이 못 들어봤을 수도 있으니)한테요.

그때 놀라운 일이 일어났죠.

이럴 수가! 휘몰아치는 바람이

아울이 좋아했던 나무를 쓰러뜨렸어요.

아울의 사정이 안 좋아 보여요. 우리도…

안 좋아 보였죠. 그러니까, 아울이나 우리나…

친구들이 그렇게 겁쟁이인지 몰랐어요.

그때 피글렛(우리의 피글렛)이 떠올린 게 있어요.

"용기! 언제나 희망은 있어.

가느다란 밧줄이 필요해.

혹시 그게 없다면

좀 굵은 끈이라도."

그렇게 피글렛은 우편함까지 올라갔고

푸와 아울은 "오!", "흠!" 하고 소리쳤어요.

원래 편지가 들어오던 틈('편지 외 금지'였던)으로

피글렛은 머리도 발도 꾸욱 밀어 넣었어요.

오, 용맹스러운 피글렛(우리의 피글렛)! 호!

피글렛이 벌벌 떨었나요? 움츠러들었나요?

아뇨, 아뇨. 있는 힘을 다해 조금씩 조금씩

'편지 외 금지' 구멍으로 들어갔어요.

내가 알아요. 두 눈으로 봤거든요.

피글렛은 뛰고 또 뛰었어요. 그러다 멈춰 서서

소리쳤죠. "새 아울을 도와줘!

곰 푸를 도와줘!" 마침내 숲속에서

누가 빠르게 다가오고 있는 소리를 들었어요.

피글렛은 "도와줘! 도와줘! 구해줘!" 하고 외치면서

다들 어디로 가면 되는지 알려줬어요.

노래해요, 호! 피글렛(우리의 피글렛)을 위한 노래! 호!

곧 문이 활짝 열렸고

푸와 아울이 밖으로 빠져나왔죠!

노래해요, 호! 피글렛을 위해! 호!

호!

"자, 됐다. 원래 생각한 것과는 다르지만, 어쨌든 나한테 온 노래
는 이거야. 이제 피글렛한테 가서 불러줘야 해."

푸는 이 노래를 혼자 세 번 부르고 난 뒤 말했어.

아울을 위한 새 집을 찾자다니는 중이야. 너도 그렇게 해. 래빗 씀.

"이게 다 무슨 말이야?"

이요르가 물었고, 래빗이 설명했지.

"아울의 낡은 집에 무슨 문제라도 생겼어?"

이요르가 또 물었고, 래빗이 또 설명했지.

"아무도 나한테 말하지 않았어. 아무도 나한테 꾸준히 소식을 전해주지 않아. 돌아오는 금요일이면 누가 나한테 말을 걸었던 날로부터 17일이 지나 있겠지."

"17일은 확실히 아닌데⋯."

"돌아오는 금요일이면 그렇다고."

"오늘이 토요일이잖아. 그러니 11일이 지나 있겠지. 그리고 내가 일주일 전에 여기 왔잖아."

"대화가 없었어. 첫 번째 대화도, 그다음 대화도 없었지. 넌 '안녕' 하고 쏜살같이 지나갔어. 내가 어떻게 대답할지 고심하고 있는데, 어느새 저 멀리서 네 꽁무니만 눈에 들어왔지. 난 '뭐라고?'라고 말할 생각이었어. 당연한 소리지만 그땐 이미 늦었고."

"음, 내가 바빴거든."

"주고받는 것도 없이, 의견 나누는 것도 없이, 안녕⋯ 뭐라고⋯ 이런 식의 대화라면 아무 소용없다는 말이야. 게다가 대화의 나머지 절반이 상대방의 꽁무니 보는 게 다라면 말이야."

"네 잘못이 있어, 이요르. 넌 우리 중 누구라도 보러 온 적 없었잖아. 넌 그냥 이 숲의 모퉁이에 머물면서 누가 너한테 와주기만을 기다리지. 가끔은 네가 친구들한테 가보는 게 어때?"

이요르는 잠시 말없이 생각에 잠겼어. 그러다 마침내 입을 열었지.

"네 말에도 일리가 있는 것 같네, 래빗. 내가 좀 더 돌아다녀야 해. 내가 여기저기 드나들어야겠어."

"맞아, 이요르. 언제든 우리 중 누구네 집이든 들러. 네가 원할 때면 말이야."

"고마워, 래빗. 누구든 '이런, 이요르가 왔네. 귀찮긴' 하고 큰 소리로 말한대도 도로 나오면 그만이지."

래빗은 잠시 한쪽 다리로만 서 있었어.

"음, 이제 가봐야겠어."

래빗이 말했어.

"안녕."

이요르가 말했어.

"뭐라고? 아, 안녕. 그리고 혹시라도 아울을 위한 새 집을 발견하면 우리한테 꼭 알려줘."

"신경 써볼게."

이요르가 말했어.

래빗은 그렇게 떠났어.

푸는 피글렛을 찾아냈어. 둘은 함께 100에이커 숲을 향해 걸어갔지.

"피글렛."

둘이서 말없이 얼마쯤 걸었을 때, 푸가 조금 수줍어하며 피글렛을 불렀어.

"왜, 푸?"

"내가 경의를 표하는 푸의 노래가 만들어질 거라고 했잖아. 기억나? 너도 아는 그 이야기가 담긴 노래 말이야."

"네가 그랬나, 푸? 아, 맞아. 그랬던 것 같아."

피글렛은 코 주위가 발그레해져서 말했어.

"다 만들어졌어, 피글렛."

코 주위의 발그레한 빛이 두 귀까지 퍼지더니 그대로 자리를 잡았단다.

"그래? 그… 그게 언젠데? 정말 다 만들어졌다는 말이야?"

피글렛은 살짝 갈라지는 목소리로 물었어.

"응, 피글렛."

순간 피글렛은 귀 끝까지 발갛게 물들었고, 뭐라도 말해보려고 했어. 하지만 목에 걸린 듯한 소리만 몇 번 내다가 결국은 아무 말도 못했지. 그래서 푸가 계속 말을 이어갔어.

"7절까지 있어."

"7절? 노래를 7절까지 만든 적은 별로 없잖아. 맞지, 푸?"

피글렛이 애써 아무렇지 않은 척 말했어.

"한 번도 없지. 이런 노래는 이제껏 한 번도 들어본 적 없을걸."

"다른 친구들도 벌써 알아?"

피글렛은 잠시 멈춰 서서 나뭇가지 하나를 집어다가 멀리 던지면서 물었어.

"아니. 지금 어느 쪽이 좋을지 고민 중이야. 지금 바로 부를까, 아니면 친구들을 다 찾을 때까지 기다렸다가 다 모이면 부를까?"

푸의 말에 피글렛도 잠시 고민했어.

"내 생각에는 푸, 지금 나한테 먼저 불러주고, 그런 다음에… 친구들이 다 모이면 또 불러주는 편이 좋겠어. 다 같이 들을 때 내가 '아, 그래. 푸가 나한테 말한 적 있어'라고 말하면 되니까. 들어본 적 없는 척 말이지."

그렇게 푸는 피글렛 앞에서 먼저 노래를 부르게 되었어. 7절까지 다 부르도록 피글렛은 아무 말도 하지 않았어. 그대로 서서 발갛게

달아올라 있었지.

누군가가 혼자서 피글렛(우리의 피글렛)을 위해 "호" 하고 외치며 노래한 건 처음이었어. 노래가 끝난 뒤에 피글렛은 어느 구절을 다시 들어보고 싶었지만 그렇게 말하긴 싫었어. 그게 "오, 용맹스러운 피글렛!"으로 시작하는 절이었거든. 시적으로 꽤 깊이 있는 도입부라고 느껴졌지.

"그걸 내가 정말 다 했나?"

피글렛이 망설이다가 말했어.

"음, 시 안에서는… 한 편의 시 안에서는 그렇지. 음, 정말로 그랬고, 피글렛. 네가 그랬다고 시에서 말하고 있잖아. 다들 그렇게 알고 있고."

푸가 대답했어.

"아하! 사실 나 조금 움츠러들었던 것 같아서. 처음에만. 그러니까 시에서 '움츠러들었나요? 아뇨, 아뇨'라고 말하고 있지. 그래서야."

피글렛이 말했어.

"속으로만 움츠러들었잖아. 그게 바로 아주 몸집 작은 동물이 움츠러들지 않을 수 있는 가장 용감한 방법이거든."

푸가 말했지.

피글렛은 안도의 숨을 내쉬고는 자기 모습을 떠올려봤어. 용감했던 피글렛을 말이지….

푸와 피글렛이 아울의 예전 집에 도착하자 이요르만 빼고 모두 모여 있는 게 보였어. 크리스토퍼 로빈은 친구들에게 해야 할 일을 설명하는 중이었고, 뒤이어 바로 래빗이 한 번 더 설명하는 중이었어. 혹시 못 들은 친구가 있을까 봐 그랬단다. 그렇게 다 듣고 나면 일을 시작했어. 집 안의 의자나 그림 같은 온갖 물건들을 밧줄에 매달아서 끄집어냈어. 아울의 새 집이 생기면 갖다 놔야 하니까 말이지. 아래쪽에서 물건들을 묶던 캥거가 아울에게 "이 낡고 더러운 행주는 이제 필요 없겠는데, 어때? 이 카펫은? 온통 구멍이 났는걸" 하고 소리쳤어. 그러자 아울은 씩씩대며 이렇게 대답했지.

"당연히 필요하지! 가구를 얼마나 제대로 배치하느냐에 따른 문제라고! 또 그거 행주 아니야. 내 숄이라고!"

가끔씩 루가 안으로 떨어져서 물건을 매단 밧줄에 올라탄 채 도로 올라오곤 했어. 그럴 때면 캥거는 루를 어디서 찾을지 몰라 조금 당황했지. 그 탓에 캥거는 아울에게 괜히 심술이 나서 아울의 집은 창피한 수준이고 온통 눅눅하고 지저분하며 어차피 무너져내릴 참이었겠다고 말해버렸어. 저기 봐, 바닥에서 끔찍한 독버섯들이 자라났어! 아울도 내려다보곤 흠칫 놀랐지. 전혀 몰랐거든. 그러다 살짝 비

웃고는 저건 스폰지라고 둘러댔어. 다들 완벽하게 평범한 목욕 스폰지를 눈으로 보고도 못 알아보다니 정말 곤란한 일이라고 했지. 캥거가 "흠!" 하는 사이에 루가 냉큼 안으로 뛰어들면서 이렇게 소리쳤어.

"나 아울의 스폰지를 봐야겠어! 오오, 저기 있다! 오오, 아울! 이건 스폰지가 아니야, 아울. 이건 스퍼지야! 스퍼지가 뭔지 알아, 아울? 스폰지가 온통⋯."

그러자 캥거가 재빨리 "루, 아가!" 하고 막았지. 화요일이라는 단어의 철자를 아는 상대와는 그런 식으로 이야기할 게 아니었거든.

그러다 푸와 피글렛이 그곳에 도착하자 다들 반가워했어. 하던 일을 멈추고 잠시 쉬면서 푸의 새로운 노래를 듣기로 했어. 노래가 끝난 뒤 친구들은 모두 푸에게 정말 좋은 노래라고 말했어. 피글렛은 "좋다, 그치? 그러니까 노래로서 말이야"라고 무심한 척 말했지.

"새 집은 어떻게 됐어? 찾았니, 아울?"

푸가 물었어.

"새 집의 이름은 찾았대. 이제 집만 찾으면 돼."

크리스토퍼 로빈이 이파리 하나를 한가로이 입에 물고는 말했어.

"이렇게 부를 참이야."

아울은 우쭐거리듯 말하며 이제껏 자기가 만든 걸 친구들에게 보여줬어. 네모난 나무판자에 집의 이름을 페인트칠한 거였어.

아우자리

이 흥미진진한 순간에 누군가가 나무 사이로 튀어나와 아울과 부딪혔어. 그 바람에 판자가 바닥에 떨어졌지. 순간 피글렛과 루가 떨어진 판자로 가서 열심히 들여다봤어.

"아, 너구나."

아울이 입을 비죽거리며 말했어.

"안녕, 이요르! 왔구나! 이제껏 너 어디 있었던 거야?"

래빗이 말했어. 그런데 이요르는 루와 피글렛이 있다는 걸 알아채지 못했단다.

"좋은 아침이야, 크리스토퍼 로빈."

이요르는 루와 피글렛을 옆으로 밀쳐내며 판자 위에 털썩 앉았더니 이어서 말했지.

"여기 우리밖에 없나?"

"응."

크리스토퍼 로빈이 혼자 싱긋 웃고는 대답했어.

"나 들었어. 내가 사는 숲 모퉁이까지 소식이 들려왔더라. 저기 오른쪽 아래에 아무도 원치 않는 축축한 장소 있잖아. 거기서 누가 집을 구하고 있더라고. 내가 그 애를 위한 집을 찾아냈어."

이요르가 말했어.

"아, 잘했네."

래빗이 친절하게 말했어.

이요르는 천천히 뒤돌아 래빗을 쳐다봤어. 그러고는 다시 크리스토퍼 로빈을 보며 이렇게 말했지.

　"우리 사이에 뭔가 끼어들었네. 하지만 상관없어. 놔두고 가면 되니까. 크리스토퍼 로빈, 나랑 같이 가면 그 집을 보여줄게."

　크리스토퍼 로빈이 자리에서 벌떡 일어났어. 그러고는 "어서 가자, 푸" 하고 외쳤지.

　"어서 가자, 티거!"

　루가 외쳤어.

　"우리도 갈까, 아울?"

래빗이 물었지.

"잠깐만."

아울은 대답하며 자신의 나무판자를 도로 챙겨 들었어.

이요르는 한 발을 휘휘 내저었어.

"크리스토퍼 로빈과 나는 짧은 산책을 하려는 참이야. 우르르 몰려다닐 게 아니라고. 크리스토퍼 로빈이 푸와 피글렛을 데려가고 싶다면 기꺼이 동행할게. 암튼 숨은 쉴 수 있어야 하잖아."

"좋아."

래빗은 남아서 할 일을 하는 게 오히려 더 좋았어.

"우리는 물건 치우는 일을 계속하자. 티거, 밧줄 어디 있는지 알아? 아울, 무슨 일이야?"

아울은 나무판자 위에 쓴 이름이 번졌다는 사실을 방금 알아챘어. 이요르를 탓하는 표시로 헛기침을 했지. 하지만 아무 말도 하지 않았어. 이요르는 엉덩이에 '아우자리' 페인트칠 자국이 다 묻은 채로, 친구들과 함께 의기양양하게 길을 떠났어.

잠시 뒤, 이요르가 찾은 집에 거의 다 왔어. 그런데 도착하기 몇 분 전부터 피글렛은 푸의 옆구리를 쿡 찔렀고, 푸는 피글렛의 옆구리를 쿡 찔렀어. 그러면서 서로 "맞잖아!", "그럴 리가!", "정말 맞다니까!" 하고 말을 주고받았어.

마침내 그곳에 도착했고, 정말 맞았어.

"다 왔어! 저기 이름도 쓰여 있고, 뭐든 다 있어!"

이요르가 피글렛의 집 앞에서 친구들을 멈춰 세우면서 자랑스럽게 소리쳤어.

"아!"

크리스토퍼 로빈은 웃어야 할지 어찌해야 할지 알 수 없었어.

"아울에게 꼭 맞는 집이야. 그렇지 않니, 꼬마 피글렛?"

이요르의 말을 들은 피글렛은 숭고한 결정을 내렸어. 마치 꿈꾸듯, 푸가 피글렛에 관해 노래했던 온갖 멋진 말들을 떠올리면서 자랑스럽게 말했단다.

"응, 아울에게 꼭 맞는 집이야. 아울이 이 집에서 행복하게 지냈으면 좋겠어."

그런 다음에 침을 꿀꺽 두 번 삼켰어. 사실 자기도 이 집에서 정말 행복하게 지냈거든.

"넌 어떻게 생각해, 크리스토퍼 로빈?"

뭔가 잘못된 것 같은 느낌에 살짝 불안해진 이요르가 물었어.

크리스토퍼 로빈은 일단 물어봐야 할 게 있었어. 과연 어떻게 물어봐야 할지 고민하다가 마침내 입을 열었어.

"음, 아주 멋진 집이다. 만약 자기 집이 바람에 쓰러진다면 다른 어딘가로 옮겨야 할 거야. 그치, 피글렛? 이럴 때 너라면 어떻게 할래?"

피글렛이 생각해보기도 전에 푸가 대신 대답했어.

"피글렛은 우리 집으로 와서 나랑 같이 살 거야. 그렇지, 피글렛?"

피글렛은 푸의 발을 꼭 잡았어.

"고마워, 푸. 나 정말 그러고 싶어."

이야기

10

크리스토퍼 로빈과 푸,
마법의 공간으로 향하다

크리스토퍼 로빈이 떠날 거래. 왜 떠나는지는 아무도 몰랐어. 어디로 떠나는지도 몰랐고. 심지어는 크리스토퍼 로빈이 떠난다는 사실을 어떻게 알았는지조차 아무도 몰랐단다. 어쨌든 숲속 친구들 모두 그 일이 끝내는 일어나리란 걸 알았어. 래빗의 친구들과 친척들 중 하나인 최고로 작은 꼬마까지도 상황이 달라질 거라고 여길 정도였지. 최고로 작은 꼬마는 예전에 크리스토퍼 로빈의 발을 본 것 같은데 어쩌면 다른 것이었을 수도 있으니 확실히는 모르겠다고 했던 아이야. 또 래빗의 친구들과 친척들 중 둘인 늦은애와 빠른애는 "좀 빠른가?", "좀 늦은가?" 같은 말을 우울하게 주고받았는데, 사실 답을 기다려봤자 별로 좋을 게 없어 보였지.

그날은 래빗이 더는 못 기다리겠다고 느꼈어. 그래서 머리를 짜내어 공고문을 썼어. 내용은 다음과 같았지.

공고. 다 같이 푸 모퉁이의 집에서 만나기로 함.

결이안('결의안'을 잘못 씀─옮긴이)이 통과되도록

245

래빗은 이 공고문을 두어 번 고쳐 써본 뒤에야 처음 생각했던 모양과 비슷하게 생긴 '결이안'이라는 단어를 완성할 수 있었어. 마침내 다 쓴 뒤에는 직접 들고 친구들을 하나하나 찾아다니며 대신 읽어줘야 했지. 다들 참석하겠다고 했어.

그날 오후, 이요르는 자기 집으로 모여드는 친구들을 보며 "음, 날 깜짝 놀라게 하는군. 나도 모여야 하나?"라고 말했어.

"이요르는 신경 쓰지 마. 오늘 아침에 다 이야기했어."

래빗이 푸에게 속삭였어.

다들 이요르에게 "잘 지냈니?"라는 식으로 인사했고, 이요르는 못 지냈다고 눈치 못 채게 말했어. 그런 다음에는 다 같이 앉았지. 다

들 자리에 앉자 곧바로 래빗이 다시 일어났어.

"우리가 왜 모였는지 다들 알 거야. 내 친구 이요르에게 부탁한 게 있는데…."

래빗이 말했어.

"나야. 참 대단해."

이요르가 끼어들었지.

"그게 뭐냐면 바로 결의안 제출이야. 자, 시작해, 이요르."

래빗이 다시 앉으며 말했어.

"날 재촉하지 마. 자, 시작해, 이런 식으로 말하지 말라고."

이요르가 천천히 몸을 일으키며 말했어. 그러더니 귀 뒤에서 종이 쪽지를 꺼내어 펼쳐 들고 "이건 아무도 몰랐지? 깜짝 놀라게 할 생각이었어"라고 말했어. 위엄 있어 보이게 헛기침을 하고는 다시 말

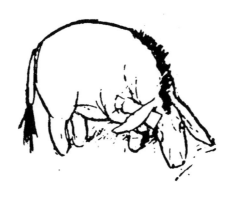

을 이어갔지.

"기타 등등 여러분, 시작하기 전에, 아, 말해야겠지, 끝내기 전에, 내가 시 한 편을 들려줄 거야. 종래… 종래… 그 단어 뜻이 긴데… 듣다 보면 무슨 뜻인지 알 거야. 암튼 종래는, 이 숲에서 시를 쓰는 사람은 푸밖에 없었어. 푸, 기분 좋은 태도를 갖춘 곰이지. 하지만 참 놀랍도록 머리가 안 좋아. 지금 너희에게 들려줄 시는 바로 나 이요르가 고요한 순간 속에서 써낸 것이야. 누가 루한테서 눈깔사탕 좀 뺏어줘. 아울 좀 깨우고. 다들 마음에 들 거야. 이거야, 나의 시는."

크리스토퍼 로빈이 떠날 거래.

일단 내 생각에는 그럴 것 같네.

어디로 가지?

아무도 몰라.

크리스토퍼 로빈이 떠나는데…

그러니까, 떠난다. ('몰라'랑 운율 맞도록)

우리가 관심 가져야 하는지? ('가지?'랑 운율 맞도록)

관심 가져야지.

아주 많이.

(둘째 줄의 '같네'랑 운율을 맞추지 못했어, 이런.)

248

('이런'이랑도 운율을 맞추지 못했어. 이런.)

두 개의 '이런'은 서로 운율을 맞추게 될 거야, 저런.

사실 생각보다 훨씬 어려웠어.

나 그래야겠어…. (여기 운율 좋았지.)

나 다시 시작해야겠어.

멈추는 게 더 쉽겠지만.

크리스토퍼 로빈, 잘 가.

나,

(좋았어.)

나,

그리고 네 친구들 전부 다,

전한다….

그러니까 다들

전한다고들….

(여기 너무 어색하지? 계속 꼬이네.)

음, 암튼, 우리의 사랑을 전하며,

끝.

"혹시 누구든 박수를 보내고 싶다면, 지금이야."

시를 다 읽고 난 이요르가 말했어.

다들 박수를 보냈어.

"고마워. 의외지만 흡족하군. 박수 소리가 조금 약하긴 했지만."
"내 시보다 훨씬 낫다."

푸가 감탄하며 말했어. 정말 그렇다고 생각했지.

"음, 그렇게 하고자 했어."

이요르가 점잖게 대답했어.

"결이안은 우리 다 서명한 뒤에 크리스토퍼 로빈에게 줄 거야"라고 래빗이 말했어.

다들 서명했어. '푸', '피글렛', '아우', '요르', '래빗', '캥거', 잉크 얼룩, 잉크 번진 자국까지 말이지.

이 종이를 들고 다 같이 크리스토퍼 로빈의 집으로 갔어. 크리스토퍼 로빈은 "다들 안녕. 푸, 안녕" 하고 인사했지.

다 같이 "안녕" 하고 인사했어. 그런데 갑자기 어색하고 울적한 기분이 들었지. 헤어지는 인사랑 비슷하잖아. 그건 떠올리고 싶지 않았거든. 이제 친구들은 우두커니 서서 누가 이야기를 꺼내기를 기다렸어. 서로 옆구리를 쿡쿡 찌르면서 "어서 해봐"라고 했지. 그렇게 쿡쿡 옆구리가 찔리다가 점점 밀려서 앞으로 나온 게 이요르였고, 나머지는 이요르 뒤로 우르르 몰려 있었지.

"그게 뭐야, 이요르?"

크리스토퍼 로빈이 물었어. 이요르는 꼬리를 양옆으로 휙휙 휘두르며 용기를 모은 뒤, 마침내 이야기를 시작했어.

"크리스토퍼 로빈, 우리는 너한테 말하려고… 이걸 주려고 왔어…. 이게 뭐냐면… 써본 건데… 사실 우리… 다 들었어…. 그러니까 우리도 다 안다고…. 음, 너도 알다시피 그건… 우리가… 널… 음, 암튼 최대한 간단히 말하자면… 바로 이거야."

그러다 이요르는 화난 표정으로 친구들을 돌아보며 "이 숲에서는 다들 너무 우르르 모여 있어. 자리가 여유롭지 않다고. 여럿이 더 흩어져 지내는 모습을 내 평생 본 적이 없어. 다들 자리를 잘못 잡고 있다고. 크리스토퍼 로빈이 혼자 있길 원한다는 걸 모르겠어? 난 가볼게."

그렇게 이요르는 가버렸어.

다들 왜 그래야 하는지는 잘 몰랐지만, 슬금슬금 흩어지기 시작했어. 크리스토퍼 로빈이 시를 다 읽고 난 뒤에 고개를 들어 "고마워"라고 말할 때쯤에는 그 자리에 푸만 남아 있었지.

"이걸 읽고 나니까 마음이 편안해지는 것 같아."

크리스토퍼 로빈은 이요르가 준 종이를 접어서 주머니에 넣으면서 말했어. 그러고는 "어서 가자, 푸"라고 하며 빠르게 걸었지.

"우리 어디 가는데?"

푸도 서둘러 뒤를 따르면서 물었어. 이게 어엿한 탐험이 될지, '우리 이제 어쩌면 좋지?'라고 할 법한 일이 될지 궁금했거든.

"아무 데도 아니야."

크리스토퍼 로빈이 대답했어.

그렇게 둘은 그곳으로 떠났어. 조금 걷다가 크리스토퍼 로빈이 이렇게 물었어.

"세상에서 가장 좋아하는 일이 뭐야, 푸?"

"음, 가장 좋아하는 일은…."

푸는 잠시 말을 멈추고 생각에 잠겼어. 꿀 먹는 일을 아주 좋아하지만 먹고 있을 때보다 막 먹으려고 하는 순간이 더 좋았어. 하지만 그 순간을 뭐라고 불러야 할지 알 수 없었어. 또 크리스토퍼 로빈과 함께 있는 것도 아주 좋아했고, 피글렛을 가까이 두고 있는 것도 아주 다정한 일이라고 생각했어. 그래서 이 모든 걸 다 생각하고 난 푸는 이렇게 말했지.

"내가 세상에서 가장 좋아하는 일은 피글렛이랑 같이 널 보러 갔더니 네가 '뭐라도 조금 먹을래?' 하고 물어보고, 나는 '음, 조금이라면 괜찮을 것 같은데, 너는 어때, 피글렛?' 하고 말하는 거야. 바깥을 보면 노래를 흥얼거리고 싶은 날씨이고 새들도 지저귀지."

"나도 그거 좋아해. 근데 내가 정말로 가장 좋아하는 일은 아무것도 안 하는 일이야."

크리스토퍼 로빈이 말했어.

"아무것도 안 하는 일은 어떻게 하는데?"

푸가 한참 고민하다가 물어봤어.

"음, 그걸 하러 가려는데 사람들이 날 부르며 '뭘 하려고, 크리스토퍼 로빈?' 하고 물어보잖아? 그럼 대답하지. 아, 아무것도 안 하는 일. 그런 다음에는 가서 그걸 하면 돼."

"아, 그렇구나."

"우리가 지금 하려는 게 아무것도 안 하는 일과 비슷해."

"아, 그렇구나."

"그냥 길을 걸으면서, 잘 들리지 않는 온갖 소리에 귀를 기울여.

257

굳이 애쓰지는 말고."

"아하!"

둘은 이런저런 생각을 떠올리며 계속 걸었어. 그러다 보니 점점 마법의 공간에 가까워졌지. 숲 맨 꼭대기의 갈레온 분지에 있는 마법의 공간에는 예순 그루 남짓의 나무들이 원을 그리며 서 있었어. 크리스토퍼 로빈은 그곳이 왜 마법의 공간인지 알고 있었어. 그곳의 나무들이 예순세 그루인지 예순네 그루인지, 셀 수 있는 사람이 아무도 없었거든. 크리스토퍼 로빈이 나무들을 일일이 세면서 끈으로 묶어 표시해봤는데도 못 알아냈단다. 마법이 걸려 있어서 바닥도 숲의 다른 바닥과는 달랐어. 가시금작화와 고사리와 히스 대신에 촘촘한 초록빛 풀밭이 잔잔하게 깔려 있었어. 이 숲에서 아무렇게나 편히 앉을 수 있는 유일한 곳이었지. 거의 앉자마자 다시 일어나서 어디 다른 곳 없나 찾아볼 필요 없는 곳이었단다. 그곳에 앉아 있으면 하늘과 맞닿은 곳까지 넓게 펼쳐져 있는 세상을 바라볼 수 있었어. 온 세상이 모두 갈레온 분지 안의 그들과 함께였지.

그러다 불쑥 크리스토퍼 로빈은 푸에게 이것저것에 관한 이야기를 들려주기 시작했어. 왕과 왕비라는 사람들, 수학 인수 같은 것, 유럽이라는 땅, 배들이 찾지 않는 바다 한가운데의 섬, 흡입 펌프 만드는 법(원한다면 알려줄게), 기사들이 작위를 받는 때, 브라질에서 온 것 등등을 이야기했지. 푸는 예순몇 그루의 나무들 중 하나에 기대어 두 앞발을 앞으로 모으고 앉아서는 "아하!"나 "몰랐네"라고 말했어. 그리고 저렇게 이야기를 잘 들려줄 수 있는 진짜 머리를 가졌다면 얼마나 멋질까 하고 생각했지. 크리스토퍼 로빈의 이야기도 점점 끝나가고 고요가 찾아왔어. 크리스토퍼 로빈은 그곳에 앉아 넓게 펼쳐진 세상을 바라보며 그 세상이 계속되길 바랐어.

그런데 푸도 생각에 잠겨 있다가 불쑥 크리스토퍼 로빈에게 이렇게 물었어.

"네가 말한 그 오후라는 게 그렇게 대단한 일이야?"

"오후 뭐?"

다른 소리에 귀 기울이고 있던 크리스토퍼 로빈이 굼뜨게 대답했어.

"말 위에서 말이야."

푸가 설명했어.

"기사 이야기 하는 거야?"

"아, 기사랬나? 그게 말이지…. 그게 왕이나 수학 인수나 또 다른 온갖 것만큼이나 대단하다고 했나?"

"음, 왕만큼 대단하지는 않아."

크리스토퍼 로빈의 대답을 들은 푸가 실망한 것 같았어. 그러자 크리스토퍼 로빈이 얼른 덧붙이길, "그래도 수학 인수보다는 대단해"라고 했지.

"곰도 기사가 될 수 있을까?"

"당연하지! 내가 기사로 만들어줄게."

크리스토퍼 로빈은 나뭇가지 하나를 들어서 푸의 어깨에 대고는 이렇게 말했지.

"일어나시오, 곰돌이 푸 경. 누구보다 충직한 나의 기사여."

그러자 푸는 몸을 일으켰다가 다시 앉으며 "감사합니다"라고 했어. 그게 기사로서 올바른 행동이거든. 그런 다음 푸는 상상의 세계로 빠져들었어. 그 속에서 푸는 폼프 경, 브라질 경, 수학 인수들과 말 한 마리를 데리고 함께 살았어. 그러다 충직한 기사들(다만 수학 인수들은 말을 돌봐야 해서 끼지 못했어)은 훌륭한 크리스토퍼 로빈 왕을 찾

아갔어…. 가끔 고개를 저어가며 "잘 알아듣지 못했는걸" 하고 중얼 거렸지. 그러다 푸는 크리스토퍼 로빈이 어디든 갔다가 다시 돌아와 서 자기한테 온갖 이야기를 들려주고 싶어 할 텐데, 그걸 다 알아들 으려 해도 머리가 안 좋은 곰인 자기가 얼마나 흐리멍덩하게 굴까 생 각해봤어. "그럼 아마 크리스토퍼 로빈이 다시는 나한테 이야기를 들려주지 않겠지" 하고 푸는 혼자 슬프게 중얼거렸어. 그리고 충직 한 기사가 된다는 게 이야기를 못 들어도 계속 충직한 기사로 남을 수는 있다는 뜻인지 궁금해졌어.

그때 갑자기, 여태 두 손을 턱에 괸 채 세상을 바라보고만 있던 크리스토퍼 로빈이 "푸!" 하고 소리쳤어.

"응?"

푸가 대답했어.

"나… 나 이제는… 푸!"

"응, 말해, 크리스토퍼 로빈."

"더는 아무것도 안 하는 일을 하지 않을 거야."

"다시는 하지 않아?"

"음, 그 정도는 아니지만. 그들이 날 가만 놔두지 않아서 말이야."

푸는 크리스토퍼 로빈이 이야기를 계속하길 기다렸어. 하지만 크리스토퍼 로빈은 다시 말이 없어졌어.

"그래서, 크리스토퍼 로빈?"

푸가 크리스토퍼 로빈의 이야기를 거들었어.

"푸, 내가… 무슨 말인지 너도 알 거야…. 내가 아무것도 안 하는 일을 하지 않는 동안에 네가 가끔 여기로 와줄 수 있어?"

"나만?"

"응, 푸."

"너도 여기로 와줄 수는 있어?"

"응, 푸. 나 올게, 정말로. 온다고 약속할게, 푸."

"잘됐다."

"푸, 너 언제까지나 날 잊지 않는다고 약속해. 내가 100살이 되어도 말이야."

푸는 잠시 생각했어.

"그때 나는 몇 살이지?"

"99살."

푸는 고개를 끄덕였어.

"약속해."

크리스토퍼 로빈은 세상을 바라보는 눈을 거두지 않은 채 손을 내밀어 푸의 앞발을 만지작거렸어.

"푸."

크리스토퍼 로빈이 진지하게 말하기 시작했어.

"만약 내가… 내가 그렇게…."

잠시 말을 멈췄던 크리스토퍼 로빈은 다시 말을 이어갔어.

"푸, 무슨 일이 있어도 넌 이해해줄 거야, 그렇지?"

"뭘 이해해?"

"아냐, 아무것도."

크리스토퍼 로빈은 웃으면서 자리에서 벌떡 일어났어.

"어서 가자!"

"어디로?"

푸가 물었어.

"어디든."

크리스토퍼 로빈이 대답했어.

그렇게 둘은 함께 걸었어. 둘이서 어디로 가든, 도중에 무슨 일이 일어나든 상관없었어. 이 숲 꼭대기 마법의 공간에서 꼬마 남자아이와 친구 곰은 언제까지나 함께 놀고 있을 테니까 말이야.

THE END

THE-HOUSE-AT-POOH-CORNER
곰돌이 푸 2

1판 1쇄 인쇄	2024년 2월 1일
1판 1쇄 발행	2024년 2월 15일

—

글	앨런 알렉산더 밀른
그림	어니스트 하워드 쉐퍼드
옮김	박성혜

—

펴낸이	김봉기
출판총괄	임형준
편집	안진숙, 김민정
교정교열	김민정
디자인	호우인
마케팅	선민영, 조혜연

—

펴낸곳	FIKA[피카]
주소	서울시 서초구 서초대로 77길 55 에이프로스퀘어 9층
전화	02-3476-6656
팩스	02-6203-0551
이메일	book@fikabook.io
등록	2018년 7월 6일(제2018-000216호)

—

ISBN	979-11-90299-85-5 03840

피카 출판사는 독자 여러분의 아이디어와 원고 투고를 기다리고 있습니다.
책으로 펴내고 싶은 아이디어나 원고가 있으신 분은 이메일 book@fikabook.io로 보내주세요.

Eor   Pigl   Kanga   Rab